Una corona per a la Vicky

Benvinguts al Princess College

El col·legi

El jardí

La Casa
dels Mussols

Les pistes
de tennis

La piscina

Les alumnes de l'escola

Vicky

Un autèntic xicotot, tot el contrari d'una princesa!

Sunny

Els seus pares són estrelles del rock, però ella prefereix la química abans que el rock.

Lin

És una enamorada de l'art i voldria ser princesa. La seva família viu a Hong Kong.

Nell

Sembla dolça com un caramelet, però resulta que és una fanàtica del rugbi.

Brigitta

Elegantíssima i esnob, està disposada a tot per convertir-se en la Princesa de l'Any.

Marguerite

Admira profundament la Brigitta i faria qualsevol cosa per ella.

Scarlett

Increïblement rica (el seu pare és el «rei del pollastre a l'ast»), somia a trobar un príncep blau.

Estrella Polar
Col·lecció Escola de Princeses

Projecte editorial d' Alice Fornasetti *i* Chiara Pullici
Textos de Prunella Bat
Projecte gràfic de Clara Battello
Il·lustracions de Donata Pizzato, Blasco Pisapia *(dibuixos) i* Maurizio De Bellis *(color)*

Títol original: *Una corona per Vicky*
Traducció de Marta Pascual Llorenç
Adaptació de la coberta de Tamara Sánchez

www.estrellapolar.cat
info@estrellapolar.cat

Primera edició: setembre del 2010

Fotocomposició: Víctor Igual
Impressió: Industria Gráfica Cayfosa
Dipòsit legal: B. 24.954-2010
ISBN: 978-84-9932-221-6

Prunella Bat

Una corona per a la Vicky

Estrella Polar

1. No em diguis princesa!

«...i vet aquí per què, estimat diari, ESTIC FURIOSA!», va teclejar la Vicky al seu ordinador portàtil. Després, s'hi va repensar i va corregir: «ESTIC HIPERFURIOSAMENT FURIOSA!!!».

Va mirar l'armari, obert de bat a bat, i, sota un núvol de rínxols vermellosos, els seus ulls verds van mirar amb disgust el vestit que hi havia penjat entre els texans estripats, les minifaldilles i les samarretes de colors llampants comprats al mercat de Willow.

Escot de barca, mànigues bufades, alt de cintura, faldilla a mitja cama... Refinat, gairebé perfecte, d'un color rosa pàl·lid que feia pensar en una delicada poncella de primavera. Per no parlar de les sabates de conjunt, adornades amb puntes de ganxet.

I d'aquí a poc, la Vicky s'hauria de treure els texans retallats fins al genoll i la samarreta lila i posar-se aquell elegantíssim vestit que li havia regalat la seva tia, lligar-se els cabells amb un llaç ridícul i baixar al saló amb les bessones, també obligades a estar esplèndides per a l'ocasió.

La seva mare l'acabava d'avisar de la visita sorpresa de la tia Henrietta: estava previst que arribés a l'hora del te per «parlar de coses importants».

—Vicky, intenta comportar-te bé, sisplau. Ja saps com n'arriben a ser, d'importants, les bones maneres —havia sospirat.

Traduït del tietès, «bones maneres» significava saludar doblegant una mica els genolls i fent una lleugera inclinació, parlar només quan et feien una pregunta i seure amb l'esquena ben recta. Un exercici prou complicat i, més encara, perquè la Vicky també s'hauria d'esforçar si no volia que li agafés un atac de riure quan sentís el piulet aristocràtic de la tia: «Miii-te-les, les nostres estimades petitooones».

«La mama i el papa són massa amables amb aquella prepotent. Quin dret té de criticar-ho tot i a tothom? És per això que tant per a mi com per a en Norman avui no és un dia qualsevol, sinó el Gran Dia!», va pensar mentre guardava l'arxiu del seu privadíssim diari i apagava l'adorat ordinador de color taronja que els seus pares li havien regalat per Nadal.

Sense cap mena de dubte, no hi havia d'haver cap problema entre la visita de la tia i la prova del «prototip experimental» (tal com l'anomenava en Norman, el seu millor amic i company de pupitre) que havien preparat durant dues setmanes de treball duríssim i que ara es trobava al garatge de les embarcacions, a la riba del llac.

Va observar l'alegre desordre de la seva habitació i, quan va haver localitzat la motxilla vermella, la va agafar al vol.

Després, va sortir per la porta, va travessar tot el passadís d'una correguda i va pujar, ràpida com un llamp, per l'ampla escala de cargol amb la barana de fusta que conduïa a la sala dominada pel gran retrat del besavi Alphonse vestit d'explorador.

La Vicky estava ben decidida a tocar el dos abans que la tia Henrietta aparegués. Però primer necessitava aconseguir provisions: ella i en Norman havien de viure!

Sabia que la seva mare, la Rosalind, era al saló verd intentant passar l'aspirador per sota les catifes centenàries i col·locant les flors que havia collit al jardí per aconseguir que l'habitació semblés una mica menys «pansida».

El pare estava intentant reparar per enèsima vegada la rentadora prehistòrica que havia tornat a assassinar llençols i tovalloles i els havia deixat mig mastegats.

Entre la Vicky i el berenar només s'interposava la Celeste.

Només? Bé, en realitat aquesta no era de cap manera la paraula justa, tractant-se de la criada-institutriu-cuinera-que-tot-ho-fa més robusta i musculosa de tot el planeta.

La Vicky estava intentant escapolir-se cautelosament per la porta mig tancada que donava a l'amagada cuina del soterrani quan, de sobte, va aparèixer una muntanya humana amb un davantal blanc i una malla de gimnàstica lila i negra, amb unes lletres daurades que deien «The Best».

Al costat d'una gran quantitat de copes i trofeus, aquella horrible indumentària era un record dels temps en què la Celeste havia guanyat tres campionats mundials femenins de Lluita de Fang, després d'haver desintegrat rivals com Bessie la Bèstia o Gunga, l'Abominable Dona de les Nou (coneguda amb aquest nom perquè sempre volia que els seus combats comencessin a les nou en punt).

Dreta davant l'aquari, la geganta, que estava d'esquena a la porta, cantussejava mentre preparava els canapès preferits de la tia. Però no, «cantussejar» tampoc no era la paraula justa, perquè el baix profund de la seva veu feia tremolar els vidres dels finestrons i dringar olles i gots.

La Celeste era una cuinera incomparable, per això la Vicky no es va sorprendre gens quan va veure que sobre la taula de la cuina hi havia dues safates plenes de dolços i sandvitxos a punt per a l'hora del te.

I no es va meravellar tampoc quan, de dins d'un cistell encoixinat col·locat al costat de l'estufa de ceràmica, en va sortir el cap d'un ànec blanc que se la va mirar amb uns ulls rodons i brillants.

La Vicky es va posar un dit davant dels llavis i va pensar desesperadament: «Xsst! Calla, Mignon! Si la teva mestressa em descobreix em farà miques!».

Com si ho hagués entès (cosa del tot probable, tenint en compte el notable coeficient intel·lectual de l'animaló), l'estimat de la Celeste va tornar a enfonsar-se al cistell i es va amagar sota la manta blava que tenia el seu nom brodat a sobre.

Avançant sigil·losament cap a una safata, la Vicky va pensar: «Bona noia! Amb tu, s'hi pot comptar sempre».

Després, va allargar una mà, va agafar un sandvitx... i uns dits grossos com salsitxes li van agafar els canells mentre la Celeste deia plàcidament:

—Ja hauries de saber que tinc ulls fins i tot a l'esquena. Ni se t'acudeixi intentar-ho, princesa.

—No em diguis princesa! —va protestar la Vicky, mentre els seus ulls verds llançaven llampecs—. Saps que no ho suporto!

Mentre ensenyava les dents fent un ample somriure, la Celeste va dir, divertida:

—I tant que ho sé! Però no he entès mai per què t'empipa tant. I ara deixa anar aquest sandvitx o et fico dins la batedora i la poso a la màxima velocitat.

2. Una família qualsevol

Per als altres, no era gens fàcil d'entendre per què Sa Altesa Victòria Antoinette Katerina Louise, més coneguda com a Vicky, era al·lèrgica a la paraula «princesa». Però ella, una noieta esvelta, tota braços i cames, i amb uns rínxols vermellosos i uns ulls verds que il·luminaven un rostre totalment pàl·lid, en tenia molt clars els motius.

I ara ho anava resumint en el seu diari informatitzat, mentre s'estava estirada al llit sense preocupar-se gens ni mica per si s'arrugava aquell vestit rosa tan cursi que la mainadera li havia obligat a entaforar-se, després d'haver-la acompanyat fins a la seva habitació.

«Precioses, enjoiadíssimes, superelegants, convidades a recepcions extraordinàries, amb un príncep blau que les espera davant la porta del Palau Reial, i carregades de diners... Heus aquí la idea que TOTHOM té de les princeses, estimat diari», va teclejar amb rapidesa.

«Jo, preciosa? Ho dubto, amb aquest nas de patata i aquests cabells IMPOSSIBLES de pentinar. Enjoiadíssima? Imagina't, només tinc un collaret de pasta de colors fet per les bessones. I si els vestits són com els que em regala la tia Henrietta... BRRR!

»A més a més, no m'han convidat mai a cap recepció, a part de la festa de final de curs, i el meu únic príncep blau ha estat en Norman, que, quan teníem sis anys, em va demanar que ens caséssim (però l'únic que volia era quedar-se tots els meus xiclets).

»Pel que fa als diners... Bé, el besavi Alphonse se'ls va

gastar tots per fer SIS vegades la volta al món i explorar un munt de llocs estranys i desconeguts. I, des de llavors, ens hem d'espavilar com podem i esperar que la rentadora no exploti, perquè comprar-ne una de nova seria un veritable desastre per a la butxaca.

»A sobre, la meva és una família qualsevol, però ningú s'avorreix i som MOLT feliços, encara que no visquem a cap Palau Reial sinó a Vil·la Ipomea, on per cada cosa que s'arregla, se n'espatllen cinc més.

»No, com pots comprovar, no sóc una AUTÈNTICA princesa, i menys encara, no m'hi considero. JO sóc JO, cabra boja! SÓC LA VICKY! I de gran vull ser escriptora...».

Des de la finestra oberta, va veure el morro d'un cotxe que treia el nas per l'avinguda i de seguida va parar d'escriure de cop.

No, no podia ser que el Rolls Royce de la tia Henrietta, l'única però riquíssima parenta del seu pare Charles (per més precisió, el príncep Charles Fèlix Alphonse Gaspar d'Hernett-Holenia), anés directe cap a casa seva.

Era el moment que la Vicky esperava des que la Celeste l'havia enviat al pis de dalt: tots anirien a rebre la tia i ella podria desaparèixer tranquil·lament.

Poc després, ja havia saltat per la finestra de la seva habitació i, encara que el vestit rosa compliqués una mica les coses, va baixar per una de les plantes enfiladisses que cobrien la façana posterior de la Vil·la. Ben poca cosa per a ella, que havia crescut enfilant-se pels arbres, nedant pel llac blavíssim

que hi havia al costat de Vil·la Ipomea i guanyant al torcebraç tots els nois de l'escola.

—Uff! Ho he aconseguit! —va esbufegar mentre saltava a terra, preparada per agafar la drecera que conduïa cap al llac a través d'un jardí que semblava una jungla en miniatura.

Però encara no havia fet ni un sol pas que darrere seu algú va dir:

—Ei, Vicky, ze'ns emportez?

Una segona veu va afegir, suplicant:

—Zisplau, la tia Henrietta enz empaztifa de petonz! I no vol que convidem la Bettina a prendre el te.

La Vicky es fa girar a poc a poc: la Pau i la Mau (és a dir, la Pauline i la Maurette), les dues germanetes de cinc anys amb els cabells de color pastanaga, se la miraven amb una carona capaç d'entendrir una pedra. Una pedra,

naturalment, que no conegués les seves indubtables tendències criminals, perquè, malgrat tot, l'aire dolç de les bessones era una barreja entre una banda de lladregots, un equip de demolició i un terratrèmol de magnitud 8.

Amb uns vestits totalment idèntics, adornats amb uns llacets comprats en una de les botigues caríssimes on la tia feia les compres, les nenes empenyien un carretó de nines apedaçat. A dins, hi anava una mixeta blanca i de mirada majestuosa. Per no se sap quin motiu, la gata Bettina era l'única criatura al món capaç de respectar aquell parell, que la idolatraven.

La germana gran va sospirar. Sabia que, si intentava dissuadir-les, es posarien a xisclar com si fossin una alarma antiincendis i, per això, va dir:

—D'acord, anem. Però jureu-me que no us ficareu en els assumptes que jo i en Norman... Bé, en resum, que us portareu bé, entesos?

Dos caps vermells van fer que sí al mateix temps i el grup se'n va anar quasi corrent per la baixada.

El camí quedava mig amagat entre plantes de totes les espècies i dimensions que havien arribat fins allà gràcies a la curiositat del besavi viatger. Hi havia arbres enormes amb el tronc estriat o de color mel, mates imperceptibles, arbustos de fulles enormes, flors tropicals i flors comunes: una màgica galeria verda que produïa tota mena de sorolls.

Allà baix, al final del camí, hi havia la riba pedregosa i l'aigua blava del llac, i al damunt una mena de magatzem de llenya destrossat: l'antic graner en ruïnes. A sobre la porta, hi havia un gran cartell amb unes lletres de colors ben vius de l'estil típic de la Vicky:

A sota, en caràcters més petits, l'altra frase revelava l'inconfusible estil d'en Norman, gran lector de novel·les de fantasia.

3. Crit assassí de Tercer Nivell

En Norman ja era allà, esperant-se davant del magatzem.

Escardalenc i tirant a baix, duia unes ulleres enormes de miop i, encara que tingués deu anys, la seva mare l'obligava a vestir-se amb americana i corbata fins i tot per anar al camp de futbol.

No, com a príncep blau no podia funcionar: més aviat semblava una versió en miniatura del seu pare, propietari de l'únic supermercat, de la benzinera, de la gelateria i del cinema de Willow, el poble veí. Però sota els cabells negres d'en Norman, pentinats amb la ratlla al costat, s'amagava el cervell més prodigiós que la Vicky havia conegut mai.

Tan bon punt les va veure arribar, el noiet es va esgarrifar: d'ençà que havien intentat calar foc a la seva millor americana (amb ell a dins), aquelles bessones li semblaven sortides d'una pel·lícula de por.

—T'agrada viure en situació de risc? —va preguntar a la Vicky, assenyalant la Pau i la Mau—. Però per què les has portat? I quina mena de vestit t'has posat?

Ella es va mirar amb un aire eloqüent l'americana de quadres, la corbata de puntets i les bermudes del seu amic:

—Mira qui parla... Va, deixa't estar de preguntes i som-hi.

Sota la mirada atenta de les bessones i la Bettina, en Norman i la Vicky van obrir cautelosament la pesada porta de fusta i...

—I allò què éz? —va preguntar la Pau.

—Zí, per favor: què éz? —va dir també la Mau, observant aquell estrany objecte situat al centre del magatzem.

En Norman les va mirar amb malícia a través de les seves ulleres de cul de got i va dir:

—És una turbobarca amb un sistema de propulsió absolutament re-vo-lu-ci-o-na-ri, no es veu?

—Miau —va observar la Bettina en un to força escèptic que la Pau va traduir:

—Zegons ella z'assembla a una banyera amb patinz.

—Bé, doncs s'equivoca —va informar la Vicky, acostant-se a allò que, efectivament, era una gran banyera de zinc agafada qui sap d'on i muntada sobre un parell d'esquís aquàtics vells—. Aquesta és la *Victòria I*, la primera barca de la nostra flota, i avui la provarem. Ei, Norm, has omplert el dipòsit amb la superbarreja?

—I tant. Ja sentireu quins rugits, el meu motor! —va contestar ell, acaronant amb afecte aquella «cosa» que hi havia a la popa de la turbobarca.

El misteriós artefacte semblava fet de diverses batedores d'ou enganxades a una llauna enorme que, temps enrere, havia contingut tonyina en conserva. I, potser per això, la Bettina havia saltat de la seva limusina i es dedicava a flairar-lo amb passió.

—Perfecte! Vinga, noietes, doneu-nos un cop de mà! —va dir la Vicky, i tots quatre van començar a empènyer i a estirar fins que van aconseguir arrossegar la *Victòria I* fins a la riba i posar-la a l'aigua. Després, la Vicky va constatar embadalida:

—Flota!

En Norman va respondre en un to glacial:

—Efectivament! Sóc jo qui l'he projectada, no?

Va pujar a bord el primer i, quan la Vicky estava a punt de seguir-lo, la Pau va agafar-se al vestit rosa de la germana, suplicant:

—Nozaltres també volem venir!

—Zí, zizplau! —va fer la Mau, que no renunciava als «gràcies», «sisplau» i «per favor» ni tan sols quan hi havia de combinar les pitjors infàmies.

—Ni borratxo! No vull pas acabar com el *Titanic*! —es va espavilar a dir en Norman, alarmat.

La Pau i la Mau li van llançar una mirada assassina i, contenint la respiració, van obrir la boca al màxim i...

—D'acord, d'acord, d'acord! —va exclamar la Vicky, aixecant els braços en senyal de rendició, abans que les bessones no deixessin anar el seu famós Crit Assassí de Tercer Nivell, capaç d'arrossegar fins allà no només els habitants de Vil·la Ipomea sinó també tot el poble de Willow.

—Us ajudo a pujar —va afegir resignada—, però no toqueu res, no traieu el cap, no us moveu gaire...

—...i potser seria millor que també intentéssiu no respirar —va concloure en Norman mentre estirava les cordes per posar-se en marxa.

Un rugit, un cruixit i les batedores d'ou van posar-se a girar a l'aigua. La *Victòria I* va fer un salt endavant i va començar a tallar les onadetes del llac, lenta però segura.

—És fantàstic! Sí! —va exclamar la Vicky.

Somiava en aquest moment des que la barqueta de la família s'havia enfonsat. Ara, finalment, podria fer tantes voltes pel llac com volgués.

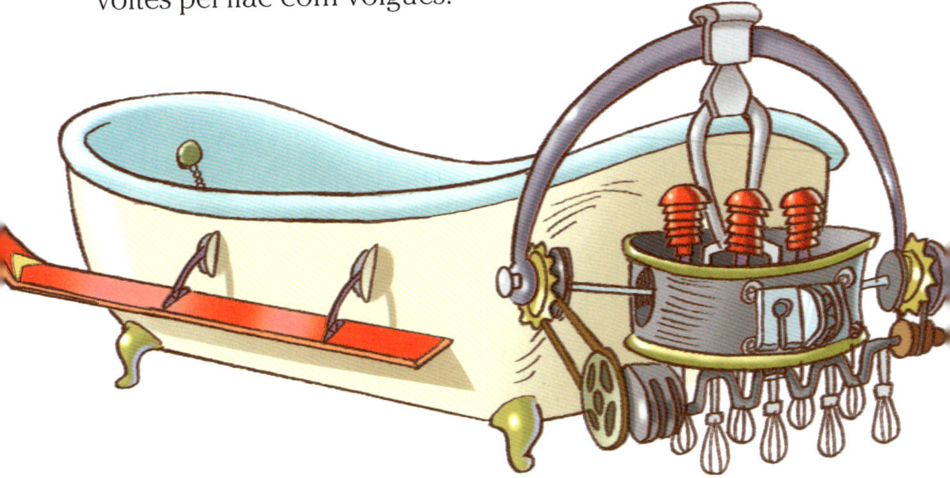

VICTÒRIA I

Al cap d'un moment, però, va arrufar el nas i va exclamar:

—Uau, això fa pudor!

—Oh, és el carburant: ous podrits, oli de blat de moro i destil·lat de ceba vermella. Tot coses ecològiques, de contaminació zero —va respondre en Norman, content.

La Vicky se'l va mirar amb una admiració sincera:

—Ets un geni, Norm. Tot i que l'olor és realment...

En aquell precís moment, darrere seu, una veueta va preguntar:

—Zegons tu, això éz un tap, Pau?

I l'altra va respondre:

—Ezpera que ho miro, Mau.

La Vicky no va ni tenir temps de girar-se que ja s'havia sentit un POP!, seguit d'un GLUP.

Les bessones havien agafat el tap que tancava el forat de desguàs de la barca i l'aigua ja entrava a borbollades.

Des de l'escull on s'havia quedat fent de vigilant, la Bettina es va llepar una pota cínicament i va mirar amb interès com la barca s'enfonsava molt de pressa.

I just llavors, molt a prop, es va sentir la veu profunda de la Celeste que cridava les seves princeses.

4. La bogeria de l'Alphonse

Cada vegada que el seu Rolls Royce conduït per un xofer perfecte arribava a Vil·la Ipomea, Lady Henrietta no podia contenir un sobresalt de desaprovació.

L'edifici era una barreja de torres merletades, pinacles i teulades, reunits a l'entorn d'una cúpula de vidre. De les parets de maó vermell per on s'enfilaven heura, roses, campanetes i altres flors, en sortien terrasses i balcons de totes les formes, i era impossible trobar dues finestres iguals. L'interior era un laberint d'habitacions, salons, vestíbuls, passadissos i, fins i tot, de passatges secrets. Per això d'aquell poti-poti en deien «La Bogeria de l'Alphonse»!

Va ser l'extravagant besavi de l'actual príncep qui ho havia fet construir i era increïble que hagués trobat un arquitecte tan boig com per seguir les seves indicacions.

I la cosa més absurda de totes, pensava ara Milady mentre s'estava asseguda en una de les esplèndides però gastades butaques del saló verd, era que el nét i la seva dona haguessin decidit viure en aquella casa que necessitava urgentment costoses restauracions i que, per tant, es menjava tots els seus diners. No és que aquests dos fossin rics, però eren tossuts, irracionals i desagraïts. Qualsevol altra persona hauria fet salts d'alegria davant d'una proposta com la que els acabava de fer, però ells, no, es van quedar quiets, pensant-ho amb cara de perplexitat.

—No deveu pas voler que la Victòria perdi una oportunitat tan esplèndida! Quan penso que aquesta pobra noia ha crescut en un lloc tan aïllat i ha anat a una miserable escoleta de camp! —Lady Henrietta va agafar un altre sandvitx i va

continuar:— Al Princess College, en canvi, rebria una educació de primera qualitat. I jo m'ocuparia de totes les despeses!

Alt, atlètic i amb els ulls verds com la seva filla, el príncep Charles es va mirar la seva minúscula tia amb cara divertida.

Lady Henrietta podia semblar un doneta fràgil amb cabells blancs i com a molt d'un metre i mig d'altura, però, en realitat, era un gos rabiós que no deixava anar mai la seva presa.

En el seu moment, havia intentat de totes totes convertir-lo en un impecable principet pentinadíssim i encorbatat i, després, en un fascinant jove príncep que hauria captivat l'alta societat.

Però en Charles havia frustrat totes les seves expectatives perquè s'havia convertit en el veterinari del poble i s'havia casat amb una jove agrònoma que es dedicava a cultivar amorosament horts biològics a les grans muntanyes de darrere la Vil·la. I ara, era evident, Milady tenia intensions de reintentar-ho amb la Vicky!

—Sou realment amable, tia Henrietta. Nosaltres no ens podrem permetre mai una escola tan cara. Per a la Vicky seria una gran oportunitat, segur, però encara és jove per anar tota sola fins tan lluny de casa —va dir la Rosalind—. I, a més, el Princess College és una mica massa...

—...principesc? —va suggerir en Charles amb un somriure.

—És clar que sí! I és per això que la Victòria hi hauria d'anar! —va exclamar Lady Henrietta—. Com s'ho farà, si no, per convertir-se en una princesa perfecta?

La Rosalind va observar, arrugant el front:

—I si ella no en tingués la més mínima intenció? Ho ha pensat mai això, tia Henrietta?

Milady va mirar amb aires de suficiència la deliciosa noia morena que el seu nebot havia escollit descartant, així, les altres possibles esposes nobles i riques que ella mateixa havia proposat i va dir, amb esperit guerrer:

—Molt bé, doncs per què no l'hi preguntem?

—Sí, és una bona idea: em sembla just que sentim la seva opinió —va aprovar en Charles.

Després, Lady Henrietta, mentre aguantava l'últim sandvitx amb la seva mà diminuta sobre la qual brillava un diamant gros com una avellana, va dir:

—Per cert, estimats meus, com és que les nenes encara no s'han deixat veure?

La Celeste, encarregada d'escortar fins al saló la Vicky i les bessones, després d'haver controlat que estiguessin vestides i pentinades com cal, s'havia fet la mateixa pregunta mitja hora abans.

També ella, vestida a l'estil «arriba la tia» (i això significa amb el seu millor davantal emmidonat i un vestit en comptes de xandall), les havia estat esperant una estona a baix a les escales. Després, havia pujat a buscar-les a les seves habitacions i, per últim, havia donat un cop d'ull a l'amagatall preferit de les petites: el vell muntacàrregues que conduïa des de la cuina fins a les habitacions de dalt.

Semblava que la Vicky, la Pau i la Mau havien desaparegut.

En aquell moment, la mainadera s'havia començat a preocupar i, amb en Mignon que la perseguia aletejant, se n'havia anat cap al jardí a cridar-les amb una veu que era una barreja de trompeta d'elefant i de sirena antiboira.

No l'havia contestat ningú, però mentre caminava cap al llac, li havia arribat a l'orella una barreja de crits en què li havia semblat reconèixer les veus de les bessones i la d'aquell noiet divertit que sempre venia a fer els deures amb la Vicky.

Fins que un crit va sobreposar-se a tots els altres, enèrgic com una trompeta:

—Abandoneu la barca!

La Celeste es va precipitar cap a la riba: una barqueta estranya s'estava enfonsant a l'aigua amb una gran rapidesa i a bord hi havia quatre figures que li eren familiars.

—No tingueu por, nois, que ja vinc! —va dir la mainadera, i es va capbussar a l'aigua provocant una onada enorme.

Tres segons més tard, la Celeste va treure el cap, esbufegant com una foca, i es va trobar quatre cares perplexes que sortien de l'aigua.

—Per què t'haz capbuzat? —va preguntar la Pau.

—Que eztavez jugant a la Mama Hipopòtam? —va afegir la Mau, angelical—. Zizplau, que podem jugar nozaltrez, també?

—Si vols jugar amb aquestes dues és millor que et procuris una jaqueta antibales —va dir en Norman, mentre observava els últims borbolls que produïa l'enfonsament de la *Victòria I*.

—Ei, Celeste, què hi fas, aquí? —va concloure la Vicky

amb cara de culpable—. Que potser ens estaves buscant?

Després, sense esperar cap resposta, els quatre nàufrags es van encaminar cap a la riba com si tinguessin una reunió urgent, mentre des de l'escull la Bettina i en Mignon, asseguts l'un al costat de l'altra, els observaven amb una gran curiositat.

Només en aquell moment, la Celeste, traient-se les algues dels cabells, es va adonar que en aquell punt del llac es tocava de peus a terra i que fins i tot les bessones podien posar els peus al fons.

I, tot seguit, el rugit de The Best, idèntic a aquell amb què havia terroritzat Ulla la Vikinga abans de colpejar-la, va retrunyir sobre el llac i entre els arbres, i va arribar fins al saló verd de Vil·la Ipomea.

5. Una nit a sobre l'arbre

No tothom té un arbre genealògic, però la Vicky, per acabar-ho d'adobar, no en tenia un, sinó dos.

El primer estava pintat a la paret de Vil·la Ipomea: un imponent roure de les branques del qual penjaven molts retrats dels Hernett-Holenia, a partir del fundador Aloysius il Ghiotto i de la seva dona Elfrida, que havia captivat el cor del príncep gràcies a un pastís de formatge prodigiós.

El segon era un altre roure (autèntic, aquesta vegada) plantat al jardí del besavi. I és allà on, sobre una branca prou grossa com per poder-s'hi estirar, la Vicky, vestida amb el pijama i les espardenyes, s'havia anat a refugiar tan bon punt els llums de la casa s'havien apagat.

Aquesta vegada no es tractava d'una fuga, tot i que per

sortir havia fet l'escalada habitual. No, la Vicky necessitava temps per reflexionar i el roure era el lloc ideal per fer-ho.

Un dèbil xiuxiueig la va fer girar. Alguna cosa petita i fosca es movia per les branques i quan la Vicky va veure la brillantor de dos ulls grocs, va exclamar:

—Bettina! Què hi fas, aquí?

—Mèu —va contestar la gata, i després, arraulida al seu costat, va començar a roncar.

—Pel que sembla, ets l'única que no et poses amb mi, Bettina —va dir la Vicky, mentre la gratava—. Els papes m'han fet l'escridassada de l'any, la Celeste no em parla i les bessones m'han dit que sóc «dolentízzima» i que ja no volen pujar a cap barca.

La gata va entreobrir els ulls, com dient: «No t'ho agafis tan a la valenta, noieta meva, i no deixis de gratar-me les orelles».

—I no parlem de la tia —va continuar la Vicky—. Quan

ens ha vist a totes xopes i enfangades, al costat de la Celeste, que semblava el monstre del llac Ness acabat de sortir de l'aigua, ha canviat de color... un to de morat que he de reconèixer que no estava gens malament.

Lady Henrietta havia tocat el dos immediatament amb el seu Rolls Royce, i ja només se sentia un murmuri indignat on es podien distingir paraules com «col·legi», «indispensable», «disciplina», «petita salvatge»...

Però la Vicky només havia entès a què s'estaven referint exactament, havent sopat, quan els seus pares li havien acostat un opuscle que duia el títol de *Princess College*.

—Ho has entès, Betti? La tia Henrietta em vol enviar a un col·legi de luxe de la ciutat. Un lloc on m'hauria de convertir en una autèntica princesa...

Amb la llanterna, va enfocar l'opuscle, que estava obert per la pàgina tres, i va veure-hi un grup de noietes somrients, amb vestit llarg i amb diadema.

«Les nostres adorables Princeses Perfectes al ball de final de curs», deia a sota la foto.

La lluna plena havia sortit de darrere els núvols que l'amagaven i sobre l'herba es reflectia l'ombra allargada del roure.

—Però... qui hi ha, aquí?

—Puc fer-te companyia, princesa? —va preguntar la veu d'en Charles, que també anava en pijama i espardenyes.

—Papa! —va exclamar la Vicky, sorpresa—. És clar que pots, però...

—...no em diguis princesa, ja ho sé! —va dir ell, mentre s'enfilava i s'asseia sobre la branca.

Ella se'l va mirar, una mica preocupada. Una altra escridassada?

En Charles va agafar l'opuscle del Princess College i fullejant-lo distret, va dir:

—Saps una cosa? Quan jo tenia la teva edat també venia aquí a reflexionar. També ho vaig fer quan la tia Henrietta va proposar als meus pares que m'inscrivissin a la Royal Academy...

La Vicky se'l va mirar amb interès. Així, doncs, la tia Henrietta també ho havia intentat amb ell?

—Dir que no a la tia no deu ser gens fàcil, oi? —es va decidir a preguntar.

—No pas aquella vegada. Perquè li vaig dir que sí.

—Això vol dir que vas anar al col·legi? —va disparar la Vicky—. No m'ho havies explicat mai!

En Charles va esclatar a riure:

—Bé, mai n'havia tingut ocasió. Sí, hi vaig anar i resulta que tampoc va estar tan malament. És veritat que no m'agradava l'uniforme ni ballar el vals o fer reverències, però...

—Però... —el va animar la filla.

—Però era una escola molt bona i, a més, no calia que m'aixequés a les sis cada matí per agafar l'autobús com et tocarà fer a tu passat vacances.

—Ja —va dir la Vicky, balancejant les cames—. Justament ara ho estava pensant.

Al poble, només hi havia escoles de primària i, com tots els nois de Willow que anaven a l'institut, d'aquí a poc hauria d'anar i tornar cada dia a Holingford, una ciutat que es trobava a una hora en autobús.

—Has vist les pàgines de les instal·lacions del Princess College? —va preguntar en Charles en un to indiferent—. I les que parlen dels cursos?

I tant que les havia vistes: ordinadors galàctics, tallers de teatre i de fotografia, pistes de tennis, piscina i equitació... Però l'havien atret sobretot dues coses: el curs d'Escriptura Creativa i les visites a la ciutat.

Escriptura creativa! Per estar-ne del tot segura, fins i tot ho havia buscat a Internet i, efectivament, les dues paraules significaven allò que es pensava: si anés al Princess College li donarien consells per ajudar-la a convertir-se en una autèntica escriptora.

I pel que fa a la ciutat... Quan era més petita, hi havia

anat sovint amb els seus pares però el trànsit i el caos de Wide City l'havien atabalada. Ara, en canvi, tenia moltes ganes de conèixer-la de prop.

Per uns moments va imaginar-se els museus, els teatres, els cinemes, els aparadors que treien espurnes, els carrers plens de gent...

Però després va pensar que estaria lluny de la seva família i que hauria d'empassar-se inacabables classes de bona educació, comportament, elegància i anar fent...

—No em vull convertir en un Mico Perfecte —va dir, amb una mirada fosca—. I tampoc veure-us només una vegada molt de tant en tant.

El seu pare la va abraçar i li va dir dolçament:

—Bé, passaries totes les vacances aquí i també l'últim cap de setmana de cada mes, i ens escriuríem, naturalment. Pel que fa a la resta... ningú pot fer-te diferent de com ets, si tu no vols. A tu et sembla que la Royal Academy em va convertir en el Príncep Perfecte que volia la tia Henrietta?

La Vicky se'l va mirar, una mica ofesa:

—A més a més, sembla que tinguis pressa per enviarme al col·legi!

En Charles, que ja baixava de l'arbre, va riure i va dir:

—No, jo només volia que t'ho pensessis bé abans de dir que no. Bona nit, princesa!

6. Una gota de sang blava

Asseguda al Rolls Royce al costat de la tia Henrietta, la Vicky observava des de la finestra el centre de Wide City: palaus antics, alguns gratacels brillants totalment de vidre, places amb jardins enormes, carrerons estrets i grans avingudes d'arbres, estàtues, autobús, tramvia, botigues i gent, gent, gent...

Amb prou feines s'ho podia creure però el gran dia havia arribat.

Finalment, havia pres la decisió, després d'incomptables visites al vell roure, de converses amb els seus pares i, sobretot, de discussions llarguíssimes amb en Norman.

De fet, el senyor Paulsen havia inscrit el seu fill a la Royal Academy. En Norman no se'n sabia avenir que la seva millor amiga anés a una escola tan a prop de la seva.

—Només estarem a dues illes de distància, i he sabut que el col·legi i l'acadèmia organitzen moltes coses junts! —li repetia almenys deu vegades al dia, mentre nedaven pel llac, mentre ella el guanyava fent un torcebraç o mentre ell li ensenyava el seu últim invent (un mata-segells teledirigit que havia explotat just en el moment de provar-lo, omplint-t'ho tot de fragments de carta).

Fins i tot les bessones semblaven entusiasmades amb la idea que la germana gran se n'anava «a una ezcola per a princezes».

—Aniràz al ball amb lez zabatetez de criztall i et cazaràz amb un príncep com el papa, Vicky? —li havia preguntat la Pau, embadalida.

—I nozaltrez podrem pozar-noz el vestit llarg i aguantar-te el vel al coztat de la Bettina, zizplau? —havia afegit la Mau, amb els ulls brillants.

La Celeste, en canvi, no hi estava gens d'acord i durant dies havia remugat en veu baixa, fent petar olles i paelles i posant més sal del compte al menjar.

A la Rosalind, tampoc li semblava gaire bé això que la seva filla gran marxés al col·legi, però, finalment, en Charles l'havia convençuda i la tia, contentíssima, de seguida li havia fet arribar l'uniforme indispensable: una camisa llisa, una faldilla prisada i la jaqueta amb l'escut de l'escola.

«I ara, aquí em teniu, vestida amb aquesta roba absurda i a punt per fer-me tancar en una presó de luxe!», es va dir la Vicky. «Ostres, i si he pres la decisió equivocada?».

Això ho havia pensat aquell matí, al moment del comiat, mentre tots li feien petons i l'abraçaven, i la Bettina es fregava contra els seus turmells i en Mignon li picotejava les sabates. I ho havia continuat pensant mentre es girava per mirar a través de la finestra de darrere com totes les mans es movien per dir-li adéu, la bufanda de quadres de la Celeste voleiava i s'allunyava de casa seva per sempre més.

Ja estaven passant per davant de velles i sumptuoses cases envoltades de jardins enormes quan, de sobte, el cotxe es va aturar davant d'una porta de ferro forjat, adornada amb un placa de bronze.

Un guàrdia amb un aire cordial es va afanyar a obrir i l'Hannibal, el xofer, va conduir el Rolls Royce a través d'un llarg camí que partia en dos un jardí molt ben cuidat, al fons del qual va poder veure un pati ple de cotxes i una imponent mola de pedra de color gris de l'antic col·legi.

—Ja hi som! —va cridar triomfant la tia Henrietta, que, a part d'un parell d'«Estigues dreta, Victòria», fins a aquell moment havia tingut la delicadesa d'estar callada—. Oh, estimada vella escola, quants records!

Perquè la tia també havia anat al Princess College, com moltes altres avantpassades de la Vicky. El col·legi, de fet, es vantava d'haver educat i «perfeccionat» generacions i generacions d'autèntiques princeses. Ara, però, els temps havien canviat i la majoria de les alumnes no tenien ni

una sola gota de sang blava, sinó només uns pares amb un bon compte corrent.

Va ser per això que Miss Amèlia Middlepoint, la directora del col·legi, va acollir la Victòria d'Hernett-Holenia amb la joia de qui ha guanyat un primer premi de loteria: la idea que a l'escola hi hagués una altra vegada una princesa autèntica la feia sentir al setè cel.

—Milady, quin immens plaer tenir-la aquí amb la seva Encantadora Neboda! —va refilar l'aristocràtica senyora de cabells grisos. Dreta davant del gran porticó de l'escola, Miss Amèlia estava rebent majestuosament pares i alumnes, i la Vicky s'ho mirava amb l'interès d'un zoòleg que descobreix un animal desconegut: no havia pensat mai que trobaria algú capaç de parlar distingint les majúscules, i això la fascinava.

Lady Henrietta la va agafar pel colze, dient:

—Victòria!

I ella es va afanyar a fer una petita inclinació, murmurant:

—Encantada de coneixe-la, senyora directora.

L'entusiasme de Miss Amèlia va volar fins a les estrelles, però just quan estava a punt de tornar a deixar anar mitja dotzena de refilets, un esternut la va fer girar.

—Ah, ets aquí! —va dir la directora en un to totalment diferent, i després, girant-se cap a la Vicky, va explicar—: Aquesta és la meva germana, Miss Coralinda Middlepoint, que tindrà la Gran Joia de ser la teva professora de Bona Educació.

La Coralinda, més baixa i notablement més rodanxona que Miss Amèlia, encara que també molt elegant, li va dedicar un somriure tan tímid i gentil que la Vicky de seguida va pensar que era una dona simpàtica.

—L'Estimada Coralinda t'explicarà on és la Teva habitació, Victòria, i farà que et portin les Teves maletes —va anunciar Miss Amèlia, que, ensenyant un nombre impressionant de dents en un dels seus somriures enlluernadors, va afegir—: A la mitja part Jo tindré l'Honor de presentar Lady Henrietta als altres Pares que estan fent la visita.

La tia li va fer dos imperceptibles petons a les galtes, es va girar i només després la Vicky es va adonar que unes quantes nenes i noietes de totes les edats, però totes vestides amb l'uniforme del Princess College, se saludaven, parlaven i corrien juntes.

Semblava que ella era l'única que no coneixia ningú i, de cop, es va sentir totalment, completament i desesperadament sola.

7. Algunes explicacions

—Falta gaire? —va preguntar la Vicky una mica preocupada.

Havien travessat avantcambres i diversos passadissos, i ara es trobaven a dalt de tot d'unes escales plenes de gent que conduïen cap a la segona planta.

El Princess College semblava infinit i estava ple de coses estranyes que la Vicky hauria volgut examinar amb calma: mapamundis antics, fileres i fileres de retrats antics penjats a les parets, taulers i vitrines on s'estavellava el sol que entrava per les finestres.

Després d'haver consultat el registre, Miss Coralinda havia decidit que la Vicky seria la companya d'una noieta de pell fosca, amb ulleres i amb els cabells pentinats amb un milió de trenetes, i havia dit:

—Sunshine Turner, tu li ensenyaràs la teva habitació, que, des d'ara, és també la seva!

I ara, aquella mateixa noieta, que caminava davant seu a ritme ràpid, es va girar per mirar-la i va respondre alegrement, assenyalant un passadís que semblava que feia dos quilòmetres de llarg:

—Només cal que girem cap aquell costat i ja hi som, però si vols ens podem aturar un moment per reprendre l'alè!

La Vicky va fer que no amb el cap i la Sunshine va afluixar el ritme per adaptar-lo al seu.

—Uff! —va esbufegar la Vicky—. No m'imaginava pas que el col·legi fos tan gran!

—Ui, sí, ho és molt! —va declarar la Sunshine—. A la planta baixa hi ha les aules, el menjador, la Biblioteca i la Sala Gran; al primer pis hi ha les habitacions de les «petites» que van a l'escola elemental; al segon és on ens estem les d'ensenyament mitjà, i, al tercer pis, hi ha les grans, que ara fan l'ensenyament superior. I el laboratori, el gimnàs, la piscina i tota la resta són al darrere, al parc... És la primera vegada que véns aquí, Victòria?

—Sí, no hi havia estat mai. I em pots dir Vicky —va dir ella amb un somriure.

—A mi tothom em diu Sunny, excepte els professors i la meva mare, però només quan m'esbronca! —va exclamar l'altra, allargant-li la mà solemnement.

Poc després, ja estaven xerrant pels descosits, fins al punt que la Vicky quasi ni se'n va adonar que ja havien arribat a una porta que la seva companya es va espavilar a obrir, mentre cridava:

—Noies, ja hem arribat! Aquesta és...

Però, de moment, les presentacions van aturar-se allà, perquè l'enorme habitació on la Vicky s'havia d'instal·lar amb tres alumnes més feia olor de tragèdia.

A sobre d'un dels quatre llits amb llençols de flors, hi havia asseguda una noieta de faccions orientals preciosa i amb una cabellera llarga i negra que plorava.

De la carona angelical de l'alumna rossa que intentava consolar-la inútilment, en destacava un ull morat. I els genolls que quedaven mig amagats sota la faldilla prisada també semblaven en un estat pèssim.

La Sunny es va afanyar a abraçar la noieta que plorava i va dir:

—Lin, sisplau, ja n'hi ha prou! Qui t'ha fet plorar?

—No ho endevines? —va intervenir la noia de l'ull morat—. Tot just és el primer dia i les Superfantàstiques han passat a l'acció!

—La Brigitta ha dit a la directora que he estat jo qui ha dibuixat la seva caricatura a la paret del pati i m'ha castigat tota una setmana! —va aconseguir dir la Lin entre sanglots.

—Qualsevol persona s'hauria adonat que no ho havia fet la Lin: ella dibuixa molt més bé! Si la Brigitta no hi hagués afegit «AHEM» amb lletres enormes, ningú hauria entès que aquell gargot era Miss Amèlia! —va dir bel·licosament la noia rossa.

La Vicky no entenia res i la de l'ull morat l'estava inquietant molt, per això es va aventurar a preguntar:

—Ei, algú em podria explicar què està passant?

Només en aquell moment va semblar que la Lin i l'altra

noia s'adonaven que la Vicky era allà i se la van mirar amb cara d'interrogant.

—Aquesta és la Vicky, la nostra nova companya d'habitació! —la va presentar la Sunny—. I aquestes són la Wang Lin i la Fenella Smithson, més coneguda com a Nell. No t'espantis amb aquest ull morat, s'ho ha fet abans de tornar al col·legi, jugant a rugbi.

—Sí, un placatge dur! Però hauries d'haver vist com vaig tallar el meu adversari! —va dir orgullosa la Nell.

Aquella noia que era tan poca cosa no feia gens la pinta d'una jugadora de rugbi violenta, va pensar la Vicky. Però la seva encaixada de mà li va confirmar que aquell angelet devia tenir uns músculs formidables.

La Lin es va mocar i va dir dolçament:

—Perdona'ns per aquesta rebuda, Vicky. Vés a saber què pensaràs ara de nosaltres!

—Penseu que tinc dues germanetes que de grans seran gàngsters, una mainadera que és campiona de Lluita de Fang i una mare que parla amb els tomàquets, per tant, no em sorprenc per qualsevol cosa! —va dir la Vicky, asseient-se a terra amb les cames creuades—. Però no em desagradaria que m'expliquéssiu què vol dir AHEM i saber qui són les Superfantàstiques.

La Sunny va esclatar a riure i, mentre s'asseia de la mateixa manera, va dir:

—Amèlia Honorina Eudora Middlepoint! Es tracta, simplement, de les inicials de la directora!

Les altres dues es van asseure davant d'elles sobre la catifa vermella que cobria el centre de l'habitació i la Nell va afegir:

—I les Superfantàstiques són les criatures més llefiscoses, odioses i malèvoles que et puguis imaginar...

—I doncs per què es diuen així? —va preguntar la Vicky, perplexa.

—El nom se l'han posat elles mateixes, lògicament —va explicar la Lin—. Aquelles tres estan del tot convençudes de ser les més boniques, les més llestes, les més elegants, les... les més tot! Especialment la Brigitta. Les altres dues, l'Scarlett i la Marguerite, l'obeeixen com xaiets.

La Vicky va assentir amb el cap:

—A la meva antiga escola, hi havia una tia d'aquest tipus. Però des que es va haver de tallar els cabells perquè els hi havien enganxat a un banc amb cola extraforta, es va tornar molt més amable.

Les altres se la miraven amb admiració, però la Nell va observar:

—Miss Amèlia ens arrencaria la pell vives si féssim una cosa així. S'estima molt aquella espieta hipòcrita de la Brigitta!

—I sempre se'n surt per manegar-s'ho tot —va confirmar la Lin—. Faria qualsevol cosa per apoderar-se de més Estrelles i convertir-se una altra vegada en la Princesa de l'Any!

—Estrelles? Princesa de l'Any? —La Vicky se les va mirar fent un sospir: s'havia perdut una altra vegada.

Pel que semblava, encara necessitava algunes explicacions.

8. Les Quatre Fabuloses

De: vickyforever@princesscollege.com
Per a: megagenius@royalacademy.com

Estimat Norm,

T'hauria d'haver escrit al final del meu primer dia de col·legi, tal com t'havia promès, però aquesta setmana ha estat terriblement INTENSA.

Amb prou feines he tingut temps per enviar dues línies al papa i la mama per dir-los que estic bé i per recordar-los que tanquessin amb clau la meva habitació, abans que les bessones no la desmuntessin.

Per començar, el Princess College és tan gran que, si les meves companyes d'habitació no m'haguessin dibuixat un plànol ple de fletxes per indicar el recorregut,

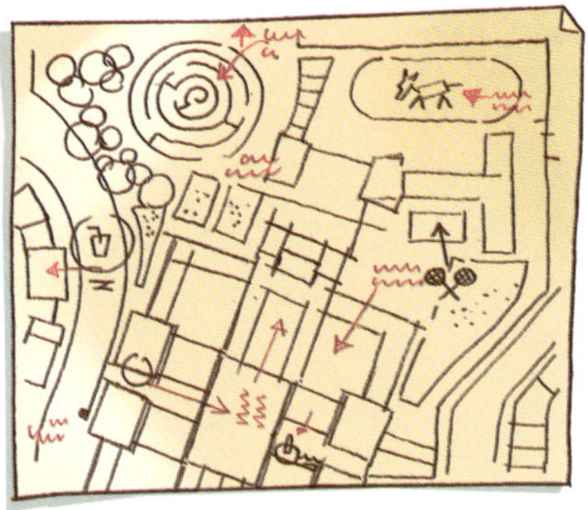

ja m'hauria mort de gana.

Cada vegada que intentava trobar el menjador, de fet, em perdia i acabava anant a parar a l'aula de Ciències, on hi ha un IMPRESSIONANT esquelet de plàstic i un munt de coses estranyes conservades amb vinagre en pots de vidre. N'hi ha que tenen uns ulls que et miren fixament i hi acabes somiant de nit.

La meva habitació també és gran, més aviat enorme, cosa que està molt bé perquè és on dormim (i estudiem, i xerrem, i, en SECRET, fem festes del pijama) de quatre en quatre.

Em sembla que les meves noves amigues t'agradarien molt, especialment la Sunny, que és una setciències com tu i ha hagut de guardar els seus vestits en una maleta a sota el llit perquè té l'armari ple de provetes i microscopis i una cosa que fa «sons i llums» que s'il·lumina i fa un milió de sorolls diferents.

I saps la cosa més FANTÀSTICA de totes? Els seus pares

són en Dino i la Lena Turner, els de la banda The Blurps! Es passen quasi tot l'any de gira pel món fent concerts i per això ella ha d'estar-se al col·legi, si no, no podria seguir el curs. Però ja li va bé perquè no li agrada viatjar i prefereix la química molecular a la música rock.

Plans de futur: guanyar el premi Nobel i trobar un barret capaç de contenir totes les seves trenes, que són moltíssimes.

La Nell, en canvi, s'assembla una mica a les bessones: sembla DOLÇA com un terròs de sucre, però en canvi és molt forta i té una gran passió pel rugbi (juga com a mig de melé). Llàstima que per a la nostra directora, Miss Amèlia, «rugbi» sigui una PARAULOTA. Els esports adequats per a una Princesa Perfecta, segons ella, són aquells que no comporten el risc de fer-se malbé la manicura.

Per sort, el pare de la Nell no pensa el mateix, però ella el veu poc perquè és un enginyer que ara viu sobre una plataforma petrolífera al mig de l'Atlàntic.

Plans de futur: fundar un equip de rugbi femení i guanyar el Torneig de les Sis Nacions.

La Lin (o més ben dit la Wang Ling: sabies que els xinesos posen sempre el cognom abans que el nom?) també va fer aquí l'escola elemental, com la Sunny i la Nell: el seu pare és banquer i la va enviar al Princess College perquè es convertís en una SENYORA COM CAL. Però ella voldria ser pintora i, de fet, dibuixa de meravella. M'ha fet un retrat perfecte, excepte pels cabells, que me'ls ha pintat de color verd.

Plans de futur: anar-se'n de casa i dedicar-se a pintar durant la resta de la seva vida.

Juntes, hem fundat un grup que es diu LES QUATRE FABULOSES (no, no som presumptuoses, només hem exagerat una mica per animar-nos), enemigues a mort de les Superfantàstiques: ens les pagaran, aquelles.

Però comencem pel començament, si no, no s'entén res de res. Has de saber que, pel Princess College, deambulen tres llefiscoses que es fan dir les Superfantàstiques: a la pràctica, una barreja entre les germanastres de la Ventafocs i una serp de cascavell.

El seu cap, una tal Brigitta que encanta a Miss Amèlia perquè és la filla d'un lord, és terriblement rossa i s'assembla una mica a un cavall (tot i que he d'admetre que es tracta d'un cavall força graciós), i pel que fa al seu futur, té un únic objectiu: convertir-se en la Princesa del Mes i ensorrar qualsevol persona que pugui fer-li ombra.

Aquí, al col·legi, no en tenen prou fabricant Princeses

Perfectes com si fossin panets: cada mes s'escull la més perfecta de totes, en les categories «primària», «secundària» i «superior». I les diferents Princeses del Mes inauguren el ball de final de curs amb un cavaller escollit per elles mateixes i opten al títol de Princesa de l'Any: és el gran somni de la Brigitta... ecs!

Però per aconseguir-ho s'han d'evitar problemes i càstigs i guanyar moltes Estrelles, és a dir, els distintius que els professors atorguen a les millors alumnes.

I aquest és el motiu pel qual les Superfantàstiques han declarat la guerra a totes les noies que van a l'institut. T'ho juro, no paren de fer-nos males passades perquè els professors ens castiguin i així la Brigitta s'asseguri la victòria.

Aquesta vegada, però, NO han comptat AMB MI. Alguna cosa dec haver après de les bessones, no?

Per començar, avui les Quatre Fabuloses hem envernissat els preciosos sabons de gelea reial amb l'esmalt incolor per a les ungles, i hem substituït el seu bàlsam per als cabells per maionesa d'all. Ja veuràs quin espectacle, demà al matí!

I ara m'he d'acomiadar, Norm, perquè tinc classe de Pentinats, Maquillatge i Higiene personal. L'última vegada vaig aprendre que una princesa de veritat no sua sinó que es limita a «transpirar». Vés a saber quines revelacions emocionants m'esperen avui!

Escriu-me aviat i explica'm coses sobre la Royal Academy, però sobretot envia'm una foto teva en uniforme, així riuré una estona.

La teva amiga,

Vicky

9. Que et serveixi de lliçó

En Bill Dorrit, professor d'Escriptura Creativa al Princess College, era un home amb ulleres, amb les galtes rosades i els cabells rossos perfectament pentinats, tan baixet que, segons les alumnes, es comprava la roba a la secció de nens dels grans magatzems.

La Vicky l'admirava moltíssim i durant les seves classes prenia apunts frenèticament sobre els elements de la trama, construcció dels personatges i altres coses per l'estil que no estava segura d'entendre del tot però que la feien sentir com una autèntica escriptora.

Llàstima que no hagués acabat d'aplicar tots aquells meravellosos conceptes i teories quan estava fent els deures que el professor els havia posat!

Per a ella, escriure era tan divertit que s'oblidava de qualsevol altra cosa, i les paraules d'en Bill Dorrit desapareixien de la seva ment com la neu amb el sol.

Per això, la Vicky no se'n sabia ni avenir quan, aquell matí, el professor va anunciar solemnement que era ella, exactament ella, qui havia guanyat la minúscula i preciosíssima Estrella.

La història en què parlava de Villa Ipomea, de la seva família, dels estius viscuts a la vora del riu era «bona, molt bona». Després, en Dorrit l'havia convidat a llegir-la en veu alta i ella s'havia emocionat de tal manera que corria el risc d'embullar-se.

En realitat, la seva veu s'havia mantingut ferma i nítida fins al final, quan havia llegit l'última frase: «...i ara que n'estic lluny, m'adono que casa meva és com un llibre per llegir, i que les persones que hi viuen són els seus personatges».

La classe havia esclatat en aplaudiments i la Vicky, plena d'orgull, s'havia enganxat a la jaqueta el petit distintiu que lluïa com una estrella de debò.

Però la Brigitta no l'hi havia perdonat i, a més, s'havia pres aquell fet com una ofensa personal, convençuda que qualsevol Estrella guanyada per les altres era com un robatori que li feien a ella!

A més a més, tenia sospites fortes sobre la identitat de la persona que l'havia obligada a rentar-se els cabells amb aquell oli cinc vegades seguides, abans que la pudor d'all fos tan forta que les altres noies l'evitessin com una empestada. Per no parlar del sabó esmaltat, que havia sortit disparat tan bon punt havia intentat rentar-se les mans...

Quan, a l'hora de dinar, les noies van omplir el gran menjador de la planta baixa, les Superfantàstiques estaven preparades per atacar. No va ser per casualitat, per tant, que la Brigitta i les seves xaietes s'asseguessin a prop de les Quatre Fabuloses.

La cambrera que s'ocupava de servir a la seva taula encara no havia acabat d'omplir els plats quan, de sobte, una riallada va voleiar per sobre les *boulettes avec pommes de terre machées* (o mandonguilles amb puré) preparades per la cuinera Lucille.

—Ei, noies, heu sentit la història de la Vicky? No està gens malament la història dels prínceps miserables!

La Vicky es va girar lentament cap a ella, vermella com un pebrot, i va preguntar gèlidament:

—Perdona, què has dit?

La Brigitta se la va mirar amb un somriure més de cavall que mai:

—Que no has estat tu qui ha escrit que la teva família no en té ni cinc i que el teu pare cuida ovelles i porcs? Això sense tenir en compte la mama pagesa que es dedica a cultivar enciams!

L'Scarlett i la Marguerite ocultaven un somriure maligne darrere del tovalló. La seva líder n'estava fent un gra massa!

—I després la casa que cau a trossos, i aquell fenomen de mainadera! Un carnaval, un autèntic carnaval!

La Lin, la Sunny i la Nell es van mirar consternades: tot plegat era massa!

Mentre s'aixecava, la Nell va dir:

—Vols que et trenqui el nas d'un cop de puny, Brigitta?

Però la Vicky va ser més ràpida. Amb una calma total, va agafar el seu plat i el va bolcar sobre el cap de la Brigitta. Mandonguilles, puré i salsa de carn van escampar-se

per sobre dels cabells rossos de la Superfantàstica, que va deixar anar un crit tan fort que les enormes làmpades de cristall del menjador van tremolar.

Mig minut després, la Vicky era al despatx de la directora, dreta davant de l'imponent escriptori darrere del qual seia Miss Amèlia, furiosa.

—Estic Meravellada, Victòria. De fet no, no n'estic. Lady Henrietta ja m'havia advertit que eres un Tema Complicat i que necessitaves una Disciplina Màxima.

Una mà llarguíssima i enjoiadíssima la va assenyalar i va ordenar:

—Torna la teva Estrella. Ara mateix!

La Vicky va obeir, amb uns ulls que llançaven llampecs, mentre Miss Coralinda, dreta al costat de la butaca de la seva germana, ajuntava les mans i se la mirava amb tristesa.

Però Miss Amèlia encara no en tenia prou i va afegir:

—Aquesta tarda, mentre les teves companyes estiguin fent la seva Primera visita guiada a la Bellesa de la nostra ciutat, tu et quedaràs aquí i, controlada per la Supervisió en Persona de Miss Coralinda, copiaràs Cinc-centes Vegades la recepta de les *boulettes avec pommes de terre machées*, que la Lucille et fornirà Gentilment. I que això et Serveixi de Lliçó!

Quan la Vicky va ser enviada a la seva habitació, sense

l'Estrella i amb l'estómac buit, feia la mateixa expressió que el seu avi Leopold el Gran mentre escalava els murs d'un castell fent servir les seves pròpies mans i tenint l'espasa entre les dents per recuperar l'Alarico, el seu estimadíssim gos, segrestat per un feudatari rival.

Mentre pujava les escales, va recordar-se de la ganyota que havia fet la Brigitta quan estava totalment recoberta de puré. Només en aquell moment, la Vicky s'adonava que havia caigut en una trampa que li havia costat la seva primera i merescuda Estrella!

Va prémer els punys i va aixecar el cap amb orgull, caminant com si se n'anés a la guerra i dient-se a ella mateixa: «Si aquella problemàtica odiosa vol guerra, en tindrà! Ningú pot tractar-me així!».

Només faltava que deixés anar el seu famós crit de guerra dels Hernett-Holenia, fet servir per última vegada per la seva avantpassada Matilde la Sanguinària, quan havia descobert el seu marit, l'Agilulfo, que oficialment estava a dieta, tancat al rebost intentant endur-se tres pernils fumats i un barril de xucrut.

I, quan la porta de l'habitació es va tancar darrere seu, la Vicky va llançar un crit dels de veritat:

—Per nosaltres dues, Brigitta!

10. Princesa del Mes

Aquella tarda, les noies de l'escola secundària van marxar del col·legi a bord de dos autobusos de color rosa fúcsia que duien escrit amb lletres d'or «Princess College». No era el top de l'elegància, però es tractava d'una donació d'una exalumna i, per tant, Miss Amèlia s'havia hagut de resignar a acceptar aquell color tan vistós.

Els autobusos anaven directes cap a l'Aquari de Wide City, ple de peixos de totes les espècies que nedaven dins els aquaris. I les noies s'havien de trobar amb els cadets de la Royal Academy i després berenar tots junts a la cafeteria Sota el mar, on cambreres vestides de sirenes servien unes copes de gelat enormes.

Mentre les veia marxar, la Vicky va sospirar: ella, en canvi, se n'havia d'anar a la primera planta, on l'esperava Miss Coralinda i un probable «grafospasme».

Quan va entrar a la biblioteca, la somrient senyoreta li va plantar al davant un full on la Lucille, la grassa i maternal cuinera que semblava un brioix amb potes, havia escrit:

Boulettes avec pommes de terre machées

1) Aboqueu en una cassola les mandonguilles congelades i escalfeu-ho.

2) Obriu un preparat de puré instantani i afegiu-hi aigua calenta.

Després, Miss Coralinda li va picar l'ullet i li va dir:

—El meu ordinador té un programa de gràfics fantàstic. Pensa que fins i tot hi ha caràcters idèntics als que es fan quan s'escriu a mà. Ningú no notarà cap diferència!

I així, mitja hora després, la Vicky ja era lliure i amb tota la tarda per endavant per fer allò que li vingués de gust: la primera des que era al Princess College.

Va decidir explorar algun dels llocs que més l'encuriosien, és a dir, la Galeria dels Retrats, i va començar a repassar la llarga filera de princeses il·lustres que havia tingut el col·legi durant èpoques diverses: quins pentinats més estranys, i quins vestits més aparatosos i sumptuosos!

Anant d'un quadre a un altre, es va adonar que, a més dels noms i cognoms altisonants, a la placa col·locada a les pintures, sempre hi havia escrit «Princesa de l'Any», seguit cada vegada d'una data diferent.

Per tant, totes elles havien obtingut aquell títol que duia de bòlit la Brigitta. Devia tractar-se d'una tradició molt antiga, va dir-se, mentre s'aturava a reflexionar davant d'una finestra des d'on es veia no només el parc del col·legi sinó les teulades de la Wide City, dividida en dues parts pel flux argentat d'un riu.

I, de sobte, mentre observava el retrat d'una bonica noieta vestida amb roba del Set-cents (Princesa de l'Any 1782!), li va venir una idea. Sí, potser era una bona manera de fer pagar a aquella harpia el seu comportament... Una manera complicada i difícil, però, quina sofisticació si sortia bé!

Quan la Sunny, la Nell i la Lin van tornar de l'excursió per la ciutat, la Vicky estava teclejant feliçment el seu portàtil taronja. Els preocupava trobar-se-la trista i deprimida per culpa de la tarda de càstig, però, en canvi, vestida amb un xandall i uns mitjons vermells, semblava que estava d'un humor excel·lent.

—Ei, noies! —va saludar-les, amb uns ulls que li brillaven—. Tinc un munt de novetats per explicar-vos!

—Per casualitat la Brigitta ha agafat la varicel·la i s'ha d'estar tancada durant dos mesos? —va preguntar la Nell, esperançada.

—Molt millor! —va respondre la Vicky, mentre tancava l'ordinador.

—Res no podria ser millor que una notícia com aquesta! —va comentar la Sunny, i va afegir—: Per cert, he co-

negut el teu amic Norman i hem parlat durant molta estona. Sobretot, de química molecular!

—Estava segura que tindríeu moltes coses per explicarvos —va comentar la Vicky amb cara de satisfacció—. I ara, obriu bé les orelles! He decidit recuperar la meva Estrella i guanyar-ne moltes, moltes més. I... aquesta vegada seré jo, la Princesa del Mes!

Elles se la van mirar com si haguessin vist aparèixer el fantasma de Madame Leona de Fressac, comtessa de Wide i fundadora del Princess College, el retrat de la qual dominava tot el pati.

Després, la Lin, sense gaires compliments, va afegir:

—No deus pas parlar seriosament, oi?

D'acord, la Vicky era més aviat bona en diverses assignatures, del tipus Literatura o Història i Geografia. Però, pel que feia al Programa Princesa Perfecta, era un autèntic desastre.

Quan la mesurada Miss Rice, professora de Saber Rebre, havia explicat com es parava la taula per a un àpat de gala, la Vicky no havia estat gaire encertada dient que considerava que posar set coberts, quatre gots, vuit plats diferents i un bol per rentar-se les mans per a cada convidat li semblava una barbaritat:

—No seria millor plats de plàstic? La meva mare diu que quan es fa una festa són molt més pràctics.

I durant la classe de Fashion & Look, quan Miss Tatiana havia animat les alumnes a fer-se un recollit adient per a una «estrena» a l'Òpera, la Vicky, asseguda davant d'un tocador que substituïa els pupitres, s'havia apujat els cabells amunt formant una mena de manat de bolets i, després, havia rigut tant que fins i tot havia caigut del tamboret.

La Brigitta, en canvi, portava de meravella aquelles as-

signatures i ningú no podia fer-se la il·lusió de competir amb ella.

Davant les cares d'escepticisme de les seves amigues, la Vicky va sentir-se amb l'obligació de puntualitzar:

—Vull tocar el punt feble d'aquella mala pècora: us imagineu la cara que faria si guanyés jo?

—Però hauries d'aconseguir un gran nombre d'Estrelles i amagar-te-les de seguida per evitar que les Superfantàstiques fessin trampa! —va intervenir la Lin, mentre es tocava els cabells.

La Nell va moure el cap:

—No ets el prototip de princesa perfecta. De fet, cap de nosaltres ho és i potser per això ens entenem tan bé. Renuncia-hi, no ho aconseguiràs.

La Vicky estava a punt de protestar quan, de sobte, la Sunny va dir, fent cara d'haver pensat molt:

—Sola potser no... però podríem fer un treball d'equip. Les Superfantàstiques potser són espavilades, però les Quatre Fabuloses són alguna cosa millor, és a dir, intel·ligents.

—Bé, no estaria malament arribar fins al final i guanyar aquelles tres jugant al seu mateix joc —va admetre la Nell, a qui se li acabava de despertar l'esperit esportiu.

—Això és el que esperava sentir! Lin, a tu et sembla bé? —va preguntar la Vicky preocupada.

La noieta va pensar-s'ho un moment i va dir:

—Sí, hi estic d'acord!

La Vicky va estendre una mà i les altres tres hi van posar la seva a sobre: la batalla entre les Quatre Fabuloses i les Superfantàstiques havia començat!

11. Una Estrella porta una altra Estrella

—Treu-te aquesta roba! Com a màxim aniria bé per anar a una pizzeria! —va xiuxiuejar la Lin, mentre feia un cop de colze a la seva amiga.

La Vicky va tornar a col·locar al seu lloc la minifaldilla fúcsia, amb un sospir. És veritat, la Lin tenia raó, però la roba del sector Ocasions Elegants li semblava d'allò més trista!

Com totes les altres noies de la seva classe, feia quasi una hora que voltava pel Guarda-roba Didàctic del col·legi, tan gran que semblava un Enorme Centre Comercial. Mig perdudes entre un miler de vestits penjats en fileres ordenades i centenars de prestatges plens de sabates, bosses, perruques, bufandes i joies diverses, les alumnes intentaven trobar alguna cosa adequada per anar a un hipo-

tètic àpat d'alguna hipotètica ambaixada: Mademoiselle Chantal, la sofisticada professora de Moda i Estil, havia decidit passar de la teoria a la pràctica.

Després d'haver escollit el model que considerava més escaient, cada alumna havia de vestir un maniquí i completar-lo amb diversos accessoris. Finalment, l'exigentíssima professora ho repassaria tot i assignaria una de les Estrelles més esperades.

—Mira, això! —va xiuxiuejar la Lin tot assenyalant un vestit jaqueta elegantíssim.

No era per res el seu estil, però, en canvi, era perfecte per a una princesa convidada a atipar-se d'ostres a la taula d'un ambaixador. Després, va recordar que les princeses no s'atipen, sinó que, com a màxim, piquen una mica, i se li va escapar un somriure.

I de sobte ho va veure clar: un vestit vermell sense mànigues, llis i simple, amagat en un racó. No se l'havia mirat ningú, però a ella li agradava molt, de manera que va espavilar-se a vestir el seu maniquí: perfecte!

Va ficar-se dins d'un armari enorme i en va sortir amb un xal magnífic de l'Índia, fet de teixit de cortines, per posar-se per sobre les espatlles i... què més?, va reflexionar la Vicky observant el maniquí.

Se li van il·luminar els ulls i va treure's de la butxaca el braçalet de pasta de la Pau i la Mau, que portava sempre a sobre com a amulet de la sort.

Va embolicar-lo al voltant del coll del maniquí i va dir a la Lin:

—Què et sembla?

La resposta va ser un senyal silenciós d'aprovació: encara que es tractés d'un conjunt una mica insòlit, la Lin va trobar-lo preciós. I quin sentit dels colors! La seva amiga sabia què es feia. No en va, moltes Estrelles petites i lluents havien començat a apuntar a la seva jaqueta, cosa que va provocar una ràbia infinita a la Brigitta.

La Vicky n'havia guanyat una gràcies al seu estudi sobre la fauna i la flora de Wide City, molt ben valorat per Miss Blacktree, la professora de Biologia. I la setmana abans n'havia guanyat una altra en Història, una matèria que adorava.

I després havia vingut l'Estrella de Caminar i Port: Miss Heidi, l'alta i elegant professora que havia fet de model durant un temps, havia quedat encantada amb ella.

La Vicky l'havia guanyada després d'haver-se entrenat durament amb la Lin, que li havia ensenyat els secrets d'una prodigiosa gimnàstica xinesa que es deia Tai chi chuan, basada en el sentit de l'equilibri. I després d'haver-se entrebancat un centenar de vegades amb el seus propis peus i d'haver anat a parar a sobre la catifa amb els braços i les cames pràcticament embolicats al coll, finalment havia començat a caminar com si tingués un núvol sota els peus!

L'Estrella de Saber estar a taula també era fruit d'un llarg entrenament. Per dominar les postures d'una manera impecable, mantenint l'esquena ben recta i els colzes ben enganxats al cos, havia seguit els consells que la Nell li havia repetit:

—Si no aprens a controlar els músculs i a tenir els reflexos dominats, com una autèntica jugadora de rugbi, no podràs pelar mai una taronja amb forquilla i ganivet. Has de placar-la perquè no s'esquitlli fora del plat!

La Vicky, que tot just havia acabat de vestir el seu maniquí, va fer un pas enrere i va dir, satisfeta:

—Fa el seu efecte!

Un soroll darrere seu la va fer girar:

—Això és un conjunt per a un àpat oficial? Has triat l'únic vestit que no és de cap firma de tot el Guarda-roba, i el collaret és senzillament horrorós! Es nota que véns del camp!

La Brigitta, la Marguerite i l'Scarlett l'estaven observant amb un somriure maligne.

La Vicky primer es va posar blanca i després vermella, mentre la Sunny, que estava afegint un fil de perles al vestit de tub negre que havia escollit per al seu maniquí, els va clavar una mirada d'alerta. Després, els seus llavis van pronunciar silenciosament la paraula:

—Respira!

Uns quants dies abans, els havia donat una autèntica

lliçó amb nombroses gràfiques i fórmules que demostraven com amb un nombre adequat de respiracions profundes fins i tot un rinoceront podia retrobar la calma.

Per un moment, la Vicky va imaginar-se la Brigitta plegada com un quatre gràcies a la famosa tècnica «lligada com una corbata» que li havia ensenyat la Celeste i que li havia estat molt útil per blocar i tirar al llac un tal Steve, el perdonavides que l'havia agafada amb en Norm.

Però després, comptant en silenci fins a deu, va respirar profundament i va aconseguir ignorar les provocacions de les Superfantàstiques, mentre la Sunny li feia un senyal d'aprovació.

Als ulls de la Brigitta, va brillar un llampec de ràbia: aquella grollera era dura de pelar! Va obrir la boca per deixar anar una mica més de verí, però Mademoiselle Chantal va moure les mans dient:

—*Le temps* s'ha acabat! *Je suis très* encuriosida per veure les vostres *créations*!

Va passejar-se lentament entre els maniquís, observant-los un per un, i es va estar aturada una bona estona davant del de la Brigitta.

«Renoi!», va dir-se la Vicky. «M'ho hauria hagut d'imaginar: aquesta dona està envoltada de vestits de grans firmes des que va néixer i està subscrita a totes les revistes de moda més absurdes!».

Però... un moment! Fent una ganyota imperceptible, la Mademoiselle s'anava allunyant del sofisticat conjunt que havia escollit la Brigitta. Es va plantar davant del maniquí de la Vicky i el va escrutar amb uns ulls severs mentre la noia aguantava la respiració.

—*Voilà* la *mise* justa! —va exclamar la professora, trencant finalment el silenci—. *Simple mais originale*, ple de *personalité*. Recordeu-ho sempre: per ser elegant cal ser creatiu. Una altra Estrella *pour toi, Victorià*!

En aquell moment, es va sentir la veueta de la Nell que, dreta al costat del seu maniquí vestit de vermell i blau (els colors del seu equip de rugbi preferit!), deia:

—Mademoiselle, em sembla que la Brigitta no es troba gaire bé!

I tenia raó, perquè la cara de la Superfantàstica s'estava tornant d'un pàl·lid i inconfusible verd ràbia.

12. Una agradable sorpresa

Tot i que la tardor ja havia començat, el temps continuava sent agradable i, per tant, les noies del Princess College preferien passar les seves hores lliures al jardí o al parc, en comptes d'anar a la gran Sala de Recreació que hi havia a la planta baixa o quedar-se a la seva habitació.

Les Quatre Fabuloses s'havien fet seu un racó, un refugi pràcticament secret sota d'un salze encara ben verd, on les llargues branques queien fins a terra formant una mena de cabanya que feia que les noies no poguessin ser vistes pels altres.

Sempre que podien s'hi refugiaven per xerrar, per llegir, per fer projectes, estirades sobre una manta vella.

Però aquella tarda havien anat allà per celebrar amb taronjada i entrepans l'Estrella que havia fet que la Vicky, finalment, superés la Brigitta.

L'hi havia assignat el professor Dorrit després d'haver llegit la seva última història, que parlava d'un vell explorador que es dedicava a recollir orquídies en una densa selva tropical, entre jaguars, antics temples en ruïnes (la semblança amb el besavi Alphonse, naturalment, era del tot casual).

La noieta de Vil·la Ipomea havia fet un altre pas decisiu en el camí que conduïa cap al títol de Princesa del Mes. I, a més a més, estava a punt de rebre un premi!

Una setmana abans, de fet, la directora s'havia posat dreta durant el sopar i, fent sonar la seva campaneta, havia reclamat l'atenció de tothom:

—Tinc el Gran Plaer d'anunciar-vos que un Benefactor Anònim vol promoure una Sana Competició entre les Nostres alumnes de Secundària.

I, mentre el soroll retrunyia pel sostre del gran saló a través dels altaveus, havia afegit:

—La senyoreta que hagi aconseguit el Màxim Nombre d'Estrelles rebrà una Agradable Sorpresa: sempre que no es produeixi un Empat, perquè en aquest cas No hi haurà cap sorpresa. I ara torneu a les Obres Mestres gastronòmiques de la nostra Estimada Lucille!

Les noies es menjaven la *tarte à la rhubarbe* (més ben dit, el pastís de ruibarbre) servida per postres sense gaire entusiasme, perquè, tal com havia observat la Nell en veu baixa, tenia gust de betum per a les sabates.

Però la xerrameca no s'havia aturat, ni ara ni després. Durant el dia, el Princess College era un autèntic batibull d'hipòtesis i de preguntes.

—Em moro de ganes que guanyis el premi, Vicky —va dir la Nell entusiasmada—. Així sabrem finalment en què consisteix aquesta Agradable Sorpresa!

—Ets la més fabulosa de les Quatre Fabuloses —va intervenir la Lin, mentre obria una llauna de taronjada—. A més a més d'haver guanyat un munt d'Estrelles en les assignatures «normals», has guanyat la Brigitta fins i tot en el seu propi terreny. I l'altre dia va ser molt satisfactori veure-li la cara mentre Miss Amèlia et felicitava per la teva «Encomiable Millora»!

—Ja —va respondre ella, mentre clavava una mossegada al seu entrepà—. Però sense vosaltres no ho hauria aconseguit.

Efectivament, les amigues li havien donar un milió de consells i també consideraven que era mèrit de totes que sobre la jaqueta de la Vicky hi hagués una constel·lació sencera de brillants distintius.

—Però si demà la Brigitta guanyés una altra Estrella tornaríem a estar empatades! —va preocupar-se la Vicky, apujant una cella.

—Impossible! —va intervenir la Nell—. L'única Estrella que queda per assignar en la nostra categoria és la de Química. I serà per a la Sunny!

Tot jugant al minilaboratori que havia muntat al seu seu armari, la noieta de les mil trenes acabava de crear un líquid vermell d'extraordinàries propietats i que es podia utilitzar:

a) com a reforçant per als cabells;

b) com a exquisida salsa amb gust de gerds per a pastissos;

c) com a cola, si es barrejava amb una mica de farina.

Les Quatre Fabuloses estaven convençudes que, l'endemà, la professora de Química, Miss Pettigrew, li donaria la merescuda Estrella i, per tant, que la Brigitta quedaria desqualificada automàticament.

—Ei! —va dir de sobte la Nell, mentre corria les cortines—. Ja veig el Superescurçó que torna!

Les altres van córrer per veure-la. Allà baix, al carrer, la Brigitta acabava de baixar de la limusina del seu pare. Aquell dia havia aconseguit un permís de «sortida lliure» i, pel que semblava, se l'havia passat fent compres, perquè anava plena de bosses de diferents colors.

—Així, doncs, és veritat que la seva mare li deixa fer servir la seva targeta de crèdit: ha buidat totes les botigues del centre —va observar la Vicky, mentre la seva rival entrava per la porta.

La Brigitta s'havia gastat un fortuna en sabates i vestits caríssims, comprats a les botigues més luxoses de tot Wide City. I potser l'expressió d'ansietat de la seva cara de cavall era aquella de qui no pensa en res més que a emprovar-se les noves adquisicions...

O potser no, perquè tan bon punt va entrar a la seva habitació, va tirar per terra les bosses sense miraments i va córrer cap a l'Scarlett i la Marguerite, que l'estaven esperant amb un somriure estampat a la cara.

—Ho heu fet? —va preguntar àvidament.

—I tant! —va dir la Marguerite—. Tot ha anat com una bassa d'oli. Pegfecte.

—Aquelles pobres estúpides no se n'han assabentat de res: s'han passat tota l'estona sota l'arbre fent un pícnic. Quin passatemps més vulgar! —va afegir l'Scarlett.

—Fantàstic! Les tenim a la butxaca! —i el somriure renill de la Brigitta va escampar-se per l'habitació, mentre als seus ulls s'encenia una llum més malèvola que mai.

13. Clorur de sodi

La Brigitta, la Marguerite i l'Scarlett s'havien reunit al voltant de l'escriptori sobre el qual havien posat una ampolleta de líquid vermell i un quadern ple de fórmules i anotacions amb la cal·ligrafia clara de la Sunny.

—Aquesta pagesota es pensava que em podria guanyar, eh? I, en canvi, serà un empat... per ara, perquè al final guanyaré jo, l'única i autèntica Princesa de l'Any —va cantar la Brigitta—. El títol m'està esperant i no me'l deixaré prendre. I l'Agradable Sorpresa se la pot pintar a l'oli!

La Marguerite li va dedicar una mirada d'admiració i va comentar:

—Ha sigut una autèntica sogt que fos daguega la palmega mentge la Sunny explicava el seu nou invent a les seves estúpides amigues!

Amb aires de condescendència, la Brigitta va admetre que no hi havia ningú que sabés escoltar tan bé com la Marguerite.

—Però la idea de robar-ho ha estat meva, i també la de preparar-me una coartada perfecta! —es va afanyar a subratllar.

—Però, i si descobrissin que vaig ser jo qui va robar l'ampolla de l'armari de la Sunny, mentre la Marguerite feia guàrdia? Tu ens defensaries davant de Miss Amèlia, oi, Brigitta? —va preguntar l'Scarlett, amb una veueta preocupada.

L'altra va apujar una cella i va dir:

—Ni somiar-ho! No puc pas comprometre'm! Però

estic convençuda que vosaltres estaríeu encantades de sacrificar-vos per mi, oi?

La Scarlett i la Marguerite es van afanyar a dir que sí i la Brigitta va agafar el quadern, tot afegint:

—I ara ajudeu-me a aprendre'm de memòria aquesta cosa. Demà vull fer un bon paper.

A l'habitació de les Quatre Fabuloses, l'atmosfera que es respirava era molt menys eufòrica.

La Sunny acabava de descobrir que l'armari havia estat saquejat i que la preciosa ampolleta havia desaparegut juntament amb el seu quadern d'apunts, i les amigues no sabien com consolar-la.

—Ha estat la Brigitta, n'estic convençuda! —deia quasi plorant—. Qui sap com se'n deu haver assabentat, de la Tripoció.

La Vicky va observar, furiosa:

—Aquella hiena s'ha passat la tarda voltant perquè ningú no la pogués acusar del robatori, i les seves xaietes han fet la resta!

Les quatre noies se sentien realment enfonsades: el premi de la Vicky se n'havia anat en orris, però el pitjor de tot era que el mèrit de la Sunny se l'enduria una altra.

—No m'imaginava pas que la Brigitta cauria tan baix! Això no és esportiu... —va començar a dir la Nell, però va ser interrompuda per un insistent bling!, bling!, bling!

—És en Norm —va dir la Sunny, engegant la microtelecàmera del seu ordinador—. Teníem una cita per videotrucada... sobre qüestions científiques, naturalment —va afegir, posant-se ben vermella.

A la pantalla va aparèixer en Norm. En les hores lliures podia desfer-se de l'uniforme de cadet i, lluny de la mirada de la seva mare, entaforar-se, finalment, les camises d'escacs, que eren la seva passió. En aquell moment en portava una de lila i verd llimona realment horrorosa.

Quan va veure la carona plorosa de la Sunny, en Norman va parar de riure:

—Ostres, què passa?

—Ha passat una cosa terrible... —va començar ella, i interrompuda de tant en tant per les amigues que afegien observacions i comentaris, va explicar-l'hi tot.

—...i també m'han robat el meu quadern d'apunts! —va acabar la Sunny sanglotant.

De sobte, en Norman va tornar a somriure i la Vicky, darrere de la seva amiga, va estar a punt d'increpar-lo:

—Què és el que et sembla tan divertit?

—Ei, no t'alteris —va fer ell, amb cara d'àngel—. Pel que sembla, la Sunny ha oblidat que em va enviar un mail amb la fórmula, l'altre dia, perquè li digués què em semblava. Per tant, això ja ho tenim! A més a més, ho he experimentat, afegint-hi una mica de clorur de sodi. I...

—I...? —va preguntar la Vicky.

—Per pura mala sort, el meu professor de química, Mister Johnson, es va inclinar en aquell moment per sobre la proveta per mirar el meu experiment i... —va continuar el noiet, explicant fil per randa què havia passat, i va afegir—: ...per això ara estic castigat.

S'esperava que les noies comencessin a riure, però es van quedar callades, amb l'aire absort d'algú que reflexiona profundament.

Després, la Lin va trencar el silenci:

—Esteu pensant el mateix que jo?

—I tant! —va respondre la Vicky, amb cara de triomf, i va començar a disparar ordres amb la mateixa autoritat que el príncep Gustavo Ferdinando d'Hernett-Holenia al camp de batalla d'Apfelsaft, quan el seu exèrcit havia derrotat l'enemic després d'haver-li disparat tones i tones de fruita podrida.

—Sunny, posa't a treballar: per demà al matí la Tripoció ha d'estar a punt. Mentrestant, la Lin, la Nell i jo planejarem com posar a lloc la Brigitta. I tu, Norm, vés a canviar-te la camisa.

—Què t'agafa, ara, amb la meva camisa? —va preguntar ell, estupefacte.

—Res, però tingues pietat dels teus companys d'habitació: estic convençuda que els agafa migranya cada vegada que et veuen. I ara, adéu, tenim molta feina per fer —va dir la Vicky, i va apagar l'ordinador.

14. Blub, blub, blub, BLOP, PUM!

Cada vespre, després que les noies se n'haguessin anat al llit, Miss Coralinde Middlepoint passava a controlar que els llums de les habitacions estiguessin apagats.

En realitat, sabia perfectament que després del seu passeig es tornarien a encendre. I les alumnes ja sabien que ella ho sabia, però també sabien que era massa bona dona per explicar-ho a la directora.

Com en qualsevol altre col·legi, al Princess College també es feien festes del pijama, es feien reunions secretes, s'escoltava música amb els auriculars, es canviaven cromos i es xerrava... però més aviat o més tard, l'una darrere l'altra, les habitacions anaven tornant-se fosques.

Aquell vespre, però, els llums es van quedar encesos fins molt tard a les habitacions de les Superfantàstiques i de les Quatre Fabuloses. I quan finalment es van apagar, la Brigitta estava convençuda de saber-ho tot sobre la fórmula i les propietats de la Tripoció, i la Sunny ja havia preparat una altra dosi de «poció màgica», tal com en deien les seves amigues, i havia escrit un breu informe.

Al matí de l'endemà, es van retrobar totes al vestidor, abans de la classe de dansa, més aviat amb cara de son. Però, en realitat, la Vicky, la Nell, la Lin i la Sunny estaven del tot despertes i preparades per posar en pràctica el seu pla.

Com per casualitat, totes quatre es van col·locar ben a prop de la Brigitta i les seves amigues i, mentre es posaven les malles i els escalfadors, van començar a xerrar en un to perfectament audible.

—Quin greu que em sap, Sunny —va dir la Vicky, compungida—. És terrible que t'hagin robat l'invent!

—Sí, és terrible! —va afegir la Lin, observant les complagudíssimes Superfantàstiques de reüll—. No em puc creure que al nostre col·legi hi hagi persones tan infidels i deslleials.

—Si descobreixo el culpable juro que acabarà així —va dir la Nell furiosa mentre estrenyia ben fort un escalfador. L'Scarlett va empal·lidir.

Davant de l'enorme mirall, la Sunny es va recollir les trenes amb una cinta i va dir, indiferent:

—No us preocupeu, noies. La Tripoció no funcionarà perquè m'he oblidat d'afegir-hi un ingredient: una mica de clorur de sodi... és a dir, sal de cuina comuna —es va afanyar a afegir perquè ho sentissin les Superfantàstiques.

Un segon després, la Vicky i la Sunny tocaven el dos amb cara de triomfadores perquè les tres rosses estupendes ja havien marxat del vestidor i s'havien ficat a la cuina per assaltar el pot de sal sota la mirada esgarrifada de la Lucille.

Semblava que la classe de dansa no s'havia d'acabar mai, i tant les Quatre Fabuloses com les Superfantàstiques s'equivocaven amb els passos cada dos per tres. Miss Moonlinght no parava de dir:

—Noies, seguiu el ritme! Imagineu-vos que esteu ballant amb un jove ben guapo!

I després, per fi, va arribar l'hora del pati. Les alumnes pul·lulaven pel parc sota el sol de tardor, directes cap als seus llocs preferits: bancs, prats llisos com catifes, arbres i romàntics gronxadors.

—On s'han ficat aquelles tres? —va preguntar la Vicky, mirant al seu voltant—. No vull perdre'm l'espectacle.

—Mi-te-les! —va senyalar la Nell.

Assegudes en un banc, les Superfantàstiques tragina-ven furtivament una ampolleta plena d'un líquid vermell. La Brigitta en va treure el tap, hi va afegir una mica de sal i...

Blub, blub, blub, BLOP, PUM!

El líquid es va tornar blau, va sortir disparat amb la força d'un guèiser en erupció i va anar a parar de ple sobre les noies, fent-les córrer d'un costat cap a l'altre.

—No sé pas què faríem sense en Norm! —va dir la Vicky, satisfeta, mentre observava les cares blaves d'aquelles tres males pècores i els seus cabells que gotejaven i que s'estaven tornant de color verd fluorescent.

La resta del matí va passar volant, i les Quatre Fabuloses anaven d'un triomf a l'altre.

La Sunny va ensenyar les meravelles de la Tripoció i va aconseguir l'Estrella tan merescuda. Després, Miss Pettigrew, la professora de Química, va assignar uns deures especials a les alumnes: trobar un dissolvent capaç de fer desaparèixer aquell blau tan potent de les cares de la Brigitta i les seves amigues.

I, per fi, durant el dinar, mentre les noies es miraven

perplexes la *compote d'abricots* (és a dir, quatre fruites mig arrugades afogades dins del xarop), Miss Amèlia i la seva campaneta van tornar a entrar en acció. Havia arribat el moment d'anunciar els noms de les Princeses del Mes.

En la categoria «elemental», el títol se l'enduia Meredith Merry, una nena amb trenes timidíssima i de quatre ulls que va acabar amb les ulleres entelades per l'emoció. En la categoria «superior», la Princesa del Mes era una ros-

seta simpàtica de segon any, la Lulú Parvis, que havia guanyat, com a mínim, una Estrella per cada assignatura.

Tot just van aturar-se els aplaudiments, la directora va proclamar:

—I ara el moment més esperat: el títol de Princesa del Mes en la categoria «mitjana» se l'enduu Sa Altesa la Princesa Victòria d'Hernett-Holenia, que rebrà com a Donació una entrada per a la Llotja Reial del Teatre de l'Òpera de Wide City i podrà assistir a l'estrena del ballet *El Trencanous*!

Mentre les seves companyes aplaudien (excepte les Superfantàstiques, que eren a la seva habitació fregant-se la cara amb tota mena de detergents), la Vicky es va posar vermella com un pebrot i es va aixecar, movent la mà tal com havia après durant les classes de Saludar amb gràcia.

I aquella va ser la primera vegada, primeríssima, que va contenir-se i no va exclamar: «No em digueu princesa!».

15. El Trencanous i el Rei dels Ratolins

—Em sento una mica ridícula... què us semblo? —va preguntar la Vicky, mirant-se al mirall.

—Ridícula? Estàs senzillament estupenda! —va afirmar la Lin.

La Nell i la Sunny van assentir, admirades.

Com que la Vicky no havia tingut mai un vestit de nit, totes tres havien buscat durant tres dies sencers al Guardaroba Didàctic, fins que havien trobat un vestit blanc de faldilla ampla, ben simple, un parell de sabatetes de conjunt i un mantell amb caputxa.

Sobre la massa de rínxols de coure que la Vicky s'havia negat a recollir-se, la Nell havia col·locat la minúscula diadema que pertocava a la Princesa del Mes i la Lin li havia deixat un parell d'arracades de perles.

La limusina del Benefactor Anònim estava a punt d'arribar i ja era hora de baixar al pati, on l'esperava Miss Amèlia, radiant. Però la Vicky no s'acabava de decidir a abandonar la seva habitació i continuava mirant-se al mirall perplexa, com si no s'hi reconegués.

Després, girant-se cap a les amigues, va preguntar:

—No sé si aquest canvi m'agrada! Ja no sé si sóc la Vicky o una Princesa Perfecta feta amb un motlle!

—Però què dius? Un vestit no canvia una persona! —va afirmar la Lin, convençuda.

—I no ets ni molt menys perfecta, creu-me, encara que hagis guanyat tots aquells distintius! —es va afanyar a dir la Nell.

Però la Vicky no semblava gens convençuda i, estirant-se un rínxol, va fer relliscar la coroneta d'un costat.

—No ho sé, la veritat és que no ho sé —va dir després—. No vull que aquesta bestiesa de les Estrelles em faci tornar insuportable com la Brigitta, i...

Un bling!, bling!, bling! va impedir-li continuar.

—És en Norm —va exclamar la Sunny, envermellint més que mai—. Posa't davant la càmera, així...

La Vicky va posar-se vermella:

—Quina vergonya, que en Norm em vegi així, vestida com si fos una Brigitta qualsevol!

Però el vídeo es va engegar abans que ella hagués tingut temps de decidir si s'escapava o no, i la veu d'en Norman va dir:

—Ei, Vicky, aquesta és la teva gran nit, eh? Volia desitjar-te molta sort!

—Gràcies, Norm! —va dir ella, cauta, i després va afegir—: No em veus... res estrany?

—Per què, hauria...? Ah, sí, potser estàs una mica vermella de cara. Però això et passa sempre que t'alteres. Au, adéu, i passa-t'ho bé!

El vídeo es va apagar i les noies van esclatar a riure. Després, la Sunny va dir:

—Ho veus, Vicky? Només és un vestit: els qui t'estimem, et veiem com sempre!

Ella va somriure i va córrer cap a la porta, fent onejar el mantell.

—Estic terriblement emocionada, no he vist mai cap ballet! —va sospirar mentre baixava les escales amb les seves amigues.

—Jo, en canvi, hi vaig estar amb la meva àvia: hi havia un munt de noies que saltaven pertot arreu fent veure que eren cignes. I a mig espectacle em vaig adormir —va admetre la Nell, que aquell matí s'havia fet un altre ull morat

mentre estava ensenyant els rudiments del rugbi a tres alumnes de cinquè.

Aturades a l'entrada, les noies no van tornar a entrar fins que no van veure marxar el Rolls fosc i es van estar preguntant durant tota la nit qui devia ser aquella senyora vella que anava asseguda al seient de darrere. La Vicky, en canvi, la va reconèixer fins i tot abans que el xofer obrís la porta.

—Tia Henrietta! Així que ets tu el Benefactor Anònim! —i per una vegada li va sortir l'impuls d'abraçar-la.

—Sí, sóc jo! Miss Amèlia m'havia dit que t'hi estaves esforçant molt i jo estava totalment segura que guanyaries.

La bona sang s'ha de notar! —va dir la tia, satisfeta, que no va poder-se estar d'afegir—: Posa't ben recta, Victòria.

El Teatre de l'Òpera va resultar ser el lloc més esplèndid on la Vicky havia estat mai, amb unes làmpades de cristall enormes i brillants, estucats daurats i un sostre pintat que s'assemblava una mica al del saló de Vil·la Ipomea.

I quina meravella de Llotja Reial! Una mena de niu de vellut vermell amb dues butaques comodíssimes i flors fresques a la balustrada...

El dia abans, la Vicky havia acabat de llegir la història d'on s'havia extret *El Trencanous* i li havia agradat molt la part de la batalla entre el ninot de neu i el terrorífic Rei dels Ratolins de set caps, que havia raptat la nineta Clara per endur-se-la cap al seu castell fosc.

«Les noies no s'ho creuran, quan els ho expliqui. Aquest és el millor moment de la meva vida, bé... quasi», va pensar tot recordant Vil·la Ipomea.

Després, mentre s'asseia amb gràcia i els llums s'apagaven, li va venir al cap que ara ja podia estar-ne del tot segura: allò d'anar al Princess College era una decisió encertada.

Va ser després que es va obrir el teló i va començar a sonar la música.

16. Les cartes de la Vicky

De: tomatobio@villaipomea.com
Per a: vickyforever@princesscollege.com

Tresor meu,

Aquí va tot bé, o quasi: les bessones han agafat el xarampió i per això encara no t'hem pogut venir a veure.

Per passar l'estona, han omplert de punts vermells amb el bolígraf les nines, els pijames, els llençols i ara han passat a la tapisseria de la seva habitació. Per sort el color se'n va i, per tant, no estaran obligades a viure per sempre més en un món de punts.

Com a fitxer adjunt, trobaràs una foto seva (la taca negra de l'angle de baix és la punta de la cua de la Bettina, que s'ha donat a la fuga perquè no volia acabar amb el «xarampió»).

Estic molt contenta pels teus èxits i per totes les Estrelles que has aconseguit! Sempre has anat molt bé a l'escola però no m'esperava que te'n sortissis tan bé amb assignatures del tipus Com assignar els llocs a taula.

Et trobem tant a faltar... L'altre dia en parlava amb els meus tomàquets de l'últim hivernacle de la dreta, que estan creixent magníficament. Estic convençuda que les converses intel·ligents els fan créixer millor. Al capdavall, és un mètode que ha funcionat perfectament amb tu i les bessones!

Gràcies per la foto de les teves amigues al camp de golf del col·legi: són molt mones. Però, explica'm una cosa: si és un camp de golf, com és que estan jugant a rugbi?

Molts i molts petons de la teva

Mama

P.D. Ja que la teva amiga Sunny és la filla dels The Blurps!, no podries demanar-li que m'aconseguís un autògraf? Estic BOJA per aquella banda i els meus enciams i els meus carbassons també l'adoren!

De: savetheanimals@villaipomea.com
Per a: vickyforever@princesscollege.com

Estimadíssima Vicky,

No sóc el típic de «ja t'ho havia dit!», però aquesta vegada no me'n puc estar: JA T'HO HAVIA DIT!

Sabia que la vida al col·legi no et desagradaria!

D'acord, hi ha un reglament de cinquanta-dues pàgines per respectar i has hagut d'aprendre divuit maneres diferents de saludar, però, entre les noves amigues i els teus èxits, em sembla que tot rutlla de meravella! Per no parlar del magnífic ballet que has anat a veure!

Estic molt orgullós de tu, i no pas perquè t'hagis convertit en la Princesa del Mes, sinó perquè has continuat sent sempre TU MATEIXA.

I ara una gran notícia: em sembla que la Bettina serà mare. Últimament l'he vista sovint voltant amb el gat dels Paulsen (saps?, aquella bestiola blanca i vermella que sembla un puma) i em penso que d'aquí a un parell de mesos tu, en Norm i les bessones sereu tiets!

Una abraçada del teu

Papa

P.D. L'altre dia van trobar al llac una banyera muntada sobre uns esquís d'aigua vells: per casualitat en sabeu alguna cosa, tu i en Norman?

De: thebest@villaipomea.com
Per a: vickyforever@princesscollege.com

Sucret meu,

Encara que al col·legi es mengi en francès, per tot el que m'expliques em sembla que els plats no són un gran què. Per això t'he preparat una carmanyola amb algunes provisions, perquè no t'oblidis de què és la BONA cuina!

Te'l vaig enviar ahir des de l'oficina de correus i, l'Hursus, el nostre carter, va aprofitar per demanar-me una altra vegada si em volia casar amb ell. Ja hauria d'imaginar-se que no em casaré mai amb un home que és capaç de posar quètxup sobre el meu meravellós *rissotto* amb bolets! Parlant de *risotto*... M'acomiado, si no, se m'enganxarà el que estic preparant ara!

Petoníssims,

Celeste

P.D. Una becada afectuosa d'en Mignon. No es troba gaire bé, pobrissó: ahir va menjar-se els cordons de les meves millors sabatilles de gimnàstica i em temo que li costaran una mica de pair!

De: megagenius@royalacademy.com
Per a: vickyforever@princesscollege.com

Ei, Vi, com et va?

Jo m'avorreixo TERRIBLEMENT. De fet, no em deixen fer servir el laboratori de ciències fora de l'horari de classe, des que Mister Johnson va participar en les proves de la torradora-cafetera-escampa-melmelada automàtica que vaig inventar.

En realitat, no hauria passat res si ell no hagués intentat apagar la màquina mentre estava en funcionament. Però ho va fer, i just després es va sentir un soroll monstruós i va aparèixer una llum blanca que era com cent flaixos que es disparaven de cop. Mister Johnson no té gaires cabells però després del xoc van quedar-li totalment drets i ara sembla un d'aquells punks amb cresta.

El teu amic,

Norm.

P.D. Una pregunta de caràcter purament científic: per casualitat saps si la Sunny està promesa?

Les Quatre Fabuloses

Fer de Princesa Perfecta durant una nit ha estat divertit, però no voldria que es convertís en un costum! Em sembla que hauria gaudit CENT vegades més de l'espectacle si no hagués hagut de preocupar-me d'estar ben recta i de no arrugar el vestit. Uff!

Tot i així, el ballet era fantàstic. La història va ser escrita fa moltíssim (el 1816!) per un autor alemany molt famós, E.T.A. Hoffman. Sincerament, jo no havia sentit mai aquest nom, però el seu *Trencanous i el Rei dels Ratolins* m'ha agradat de debò (vaig trobar el llibre a la biblioteca del col·legi, on hi és senzillament TOT).

La protagonista es diu Marie, una noia que té uns pares que no se la creuen MAI i no deixen de repetir-li que somia o que s'equivoca! Típic dels adults, oi? Altres personatges importants són el vell Drosselmeier, un jutge que, en realitat, és una mena de mag, i el Trencanous, un ninot lleig però molt valent...

El Trencanous lluita contra el Rei dels Ratolins, que ha envaït, amb el seu exèrcit, l'habitació de la Marie, i al final es descobreix que el ninot de fusta és, en realitat, un príncep encantat! No és gaire difícil imaginar-se com acaba, ja que les faules SEMPRE acaben igual, és a dir, amb un casament (quan sigui una escriptora DE VERITAT intentaré inventar-me finals una mica diferents!).

Però la història que explica el ballet no és ben bé la mateixa que la del llibre i la protagonista es diu Clara en comptes de Marie.

Què és el que més m'ha agradat? Diria que la música (la va escriure al final del Vuit-cents un rus que es deia Txaikovski), les escenes, els vestits... I després, els salts bojos de les ballarines (una cosa així només l'havia vista una vegada que la Celeste va ensopegar amb un rusc d'abelles) i el moment en què la Clara clava un cop al cap amb una sabatilla al Rei dels Ratolins. Si la Nell l'hagués vista, segurament hauria intentat convèncer-la per jugar com a atacant!

Vicky

No m'acabo de creure que als carbassons i als enciams de la mama de la Vicky els agradi de debò el rock dels The Blurps! És veritat que cadascú té els seus gustos, però totes les recerques científiques demostren que, en general, les plantes prefereixen la *Novena simfonia* de Beethoven (segons els científics coreans, la planta d'arròs l'adora) o les cançonetes com *O sole mio*, que és ideal per a les hortalisses.

No, no faig broma. Pel que sembla, les freqüències sonores (és a dir, els sons, fins i tot aquells que l'orella humana no pot sentir) tenen una influència considerable sobre el món vegetal: hi ha molts experiments que ho demostren, començant pel d'un físic francès que es diu Joel Sternheimer.

No explicaré les seves teories perquè, tret que siguis una «supergeni» com en Norman, difícilment entendries res, però puc assegurar que Sternheimer va identificar algunes seqüències sonores (en resum, música) que estimulen el creixement de les plantes perquè els reforcen les defenses contra les malalties i els paràsits i els augmenten la producció d'oxigen...

Només cal fer que les flors, les verdures, els arbres i les mates escoltin una mica de música alguns minuts al dia i els resultats seran excepcionals! No em creieu? Per a molts conreadors, l'ús de la música ja és una realitat, fins al punt que es parla d'«agricultura simfònica».

Ho podeu provar vosaltres mateixos amb les roses del jardí o amb el ficus de la sala d'estar... Si aconseguiu descobrir quins sons prefereixen, naturalment, perquè si us equivoqueu de música, correu el risc d'empitjorar-ne el creixement.

Jo, per exemple, tinc una violeta africana a sobre l'escriptori que està boja per les masurques i n'hi faig escoltar almenys mitja hora cada dia. Llàstima que les meves companyes d'habitació no parin de protestar i de tirar-me coixins!

SUNNY

No sé per què als occidentals els sembla estrany això que els xinesos escrivim abans el cognom que el nom!

Quan em presenten algú, sempre em toca explicar-ho, i em ve la temptació de recordar que, per a mi, en canvi, el que és estrany és al revés: durant el meu primer any de col·legi sovint pensava que era totalment absurd posar el nom abans que el cognom!

Però les meves companyes del Princess College ja han entès com funciona... bé, excepte les Superfantàstiques, que encara sembla que es confonguin.

No em molesta gens que una vegada de cada dues aquelles odioses em diguin Wang en comptes de Lin, perquè, entre nosaltres, només els pares i els amics més estimats em diuen pel nom, i la Brigitta, la Marguerite i l'Scarlett de ben segur que no són amigues meves!

Al Japó, a Hongria i a altres països també posen primer el cognom (que en xinès es diu «xing»), per tant, no som els únics que tenim aquest costum.

Sabíeu que Wang és un dels tres cognoms més freqüents a la Xina i el més habitual a Pequín? (Els altres dos són Li i Zhang.) I heus aquí com s'escriu: una línia vertical travessada per tres d'horitzontals.

En xinès significa 'rei', mentre que Lin es podria traduir com «bosc». En resum, en una llengua occidental em diria «rei del bosc» o alguna cosa semblant!

I ara perdoneu-me, he promès a la Vicky (més ben dit, a la Victòria) que escriuria el seu nom en xinès, amb tinta i pinzell.

Aquí el teniu! Us agrada?

Lin

Sabeu què? Ja n'estic una mica farta que em diguin que per què, en comptes de fer algun esport «agradable», trenta noies prefereixen passar el temps lliure col·leccionant patacades per intentar llançar una pilota en forma de meló!

Molta gent (i en particular l'ESTIMADA Miss Middlepoint) encara està convençuda que el rugbi és només per a xicotots de dos metres i amb els músculs capaços de rebentar les costures dels pantalons. Però és un esport massa divertit per deixar-lo només als MASCLES!

Ells hi juguen des del 1823, l'any en què, al col·legi anglès de Rugbi, van començar-se a disputar partits de futbol on també es podia agafar la pilota amb les mans (i així va començar tot!).

Els primers equips «oficials» de rugbi femení, en canvi, no es van formar fins a la segona meitat dels anys seixanta, tot i que les noies ja hi jugaven des del 1888, quan va néixer la Lliga Nacional de l'Educació Física a França.

Durant molt de temps, ens van posar pals a les rodes, intentant mantenir-nos ben lluny d'un esport «inadequat per a senyores» o «poc convenient»! Però ara les coses han canviat una mica: els equips de rugbi femení surten com bolets i, a partir del 1991, també tenim una Copa del Món només per a nosaltres.

La meva jugadora preferida? Es deia Maria Eley i jugava com a defensa al Cardiff Ladies, un equip escocès que, l'any 1917, va aconseguir fer un partit en públic (una cosa gens fàcil, perquè sempre hi havia algú que considerava aquelles trobades un autèntic escàndol).

Quina dona! Penseu que, a més de jugar de meravella, va pujar vuit fills i va morir el 2007 a l'edat de cent sis anys, convençuda que havia superat el segle gràcies al seu esport preferit. Estic convençuda que tenia raó!

NELL

I això és un príncep?

En Norman és tot un geni! El millor amic de la Vicky ha descobert un camí secret entre la Royal Academy i el Princess College, de manera que podran veure's sempre que ho vulguin. Però en la primera cita a la Casa dels Mussols, la Vicky hi trobarà una sorpresa... un nou amic de quatre potes!

Índex

Escola de Princeses

Les aventures de la Vicky en una escola per a autèntiques princeses